U0813387

乡愁文丛　王剑冰　主编

魂牵梦绕

叶延滨　著

中原出版传媒集团
中原传媒股份公司
大象出版社
·郑州·

图书在版编目(CIP)数据

魂牵梦绕 / 叶延滨著.— 郑州 : 大象出版社,
2017.5(2018.3 重印)
(乡愁文丛 / 王剑冰主编)
ISBN 978-7-5347-9198-7

Ⅰ.①魂… Ⅱ.①叶… Ⅲ.①散文集—中国—当代
Ⅳ.①I267

中国版本图书馆 CIP 数据核字(2017)第 066777 号

乡愁文丛
王剑冰 主编
魂牵梦绕
HUNQIAN MENGRAO
叶延滨 著

出版人 王刘纯
策　划 王刘纯
责任编辑 石更新
责任校对 牛志远
装帧设计 王莉娟

出版发行 大象出版社(郑州市开元路 16 号 邮政编码 450044)
发行科 0371-63863551 总编室 0371-65597936
网　址 www.daxiang.cn
印　刷 洛阳和众印刷有限公司
经　销 各地新华书店经销
开　本 787mm×1092mm 1/16
印　张 14
字　数 137 千字
版　次 2017 年 5 月第 1 版 2018 年 3 月第 2 次印刷
定　价 30.00 元

若发现印、装质量问题,影响阅读,请与承印厂联系调换。
印厂地址 洛阳市高新区丰华路三号
邮政编码 471003 电话 0379-64606268

找得到灵魂家园，记得住美丽乡愁

——“乡愁文丛”总序

王剑冰

我们强调保护中国的传统文化，而传统文化当中就有乡愁。乡愁是中国人热爱家乡、牵念故里的独特情结，是一种美好自然的文化观念。社会越是变化、越是浮躁，这种情结就越显珍贵。乡愁也是一种寻根意识，记住乡愁，记住美好的童年，记住美好的向往，也便是铭记我们的根本。

我们每个人都是故乡的一片叶子，这片叶子无论飘落多远，都无法摆脱大树对于叶子的意义。一个人的身上总有着故乡的脉络，流着故乡的血，带着永远不可改变的DNA。一个个的人也可以说是一个个村子的化身，他们走出去，分散得到处都是，却不会把村子走失。

说起乡愁，那是一种与生俱在的情怀，住在心中的故乡常常鲜活在那里。故乡是安放你的灵魂、温暖你的寂冷的地方，是接纳你的疲惫、抚慰你的忧伤的地方。翻开一页页被繁忙弄乱的过往，记忆中的余香总在儿时的故乡。那里有我们最亲密的玩伴、最爱吃的食物、最漂亮的衣衫、最天真的憧憬。而芬芳入梦的，多是亲人亲切的面容与温馨的相聚场面。那些亲人或已故去，或还在乡里。现在多数人对故乡的感觉同对年节的感觉一样，那种热闹团圆、香气弥漫的味道是乡情中最重要的部分。“每逢佳节倍思亲”，所以归乡最多的时刻是年节，带着满满的怀想、满满的辛苦，万水千山相携于途，构成最为壮阔的乡愁景观。古往今来，人们因为各种缘由漂泊在外，但总是要找机会赶回故里。金圣叹曾列举“不亦快哉”之事，其一即是“久客得归，望见郭门，两岸童妇，皆作故乡之声”。然而他们的欢喜中又带着那种“近乡情更怯，不敢问来人”的复杂心理。漫长的时光已然流逝，乡愁的话题始终没有停息，情怀早已渗透于诗歌典章，直至后来，还有余光中、三毛、席慕蓉不约而同地同题《乡愁》。

诚然，远在故乡之外的游子，生发的多为眷念之情，即使老杜有“漫卷诗书喜欲狂”“便下襄阳向洛阳”的返乡之举，回到家乡也还是要再出去，因“莼鲈之思”而辞官归返的张季鹰毕竟是少数。还有，余光中的《乡愁》或代表了一些人对于故乡的认知，那就是故乡即是母亲（或双亲）的代名，对于故乡的怀念即是对于母亲的怀念，回故乡即是为了看母亲，母亲不在了，故乡的概念便模糊起来。随着生活的变化，有人也不可避免地遇到了回乡的矛盾，记忆与现实发生了冲突，那种期待值与仪式感渐渐折损，许多美好已然变成了永久的追忆。所以有人会说："我是真的爱家乡，不过爱的可能是记忆里的家乡。"确实，没有一成不变的事物，这是时间所带来的不可逆转的事实。然而不可逆转的还有那份强烈的牵绊，永恒的顾念并未因此而中辍，情感的执拗还是同那些疏离与怨怼扯断了关联。生生不息地以文字表达出来的乡愁，也成为中国文学中一个特有的传统。

作家们大都已离开生养自己的故土，但我们却能看出那种深深的乡愁情结，这其中有写生养自己的故乡的，也有写生活过的第二、第三故乡的，还有赞美如故知的他乡的。文丛中，地域山水皆有代表，民俗风情各具特色，多方位地展现出人与历史、人与环境的关系，彰显对亲人故土的真挚情怀以及对世态人生的深切感慨，给我们带来亲近，带来回味，带来启迪，让我们感受到温馨而深挚、苍郁而辽阔的文字力量。

我们说，在意乡俗年节，提倡尊崇温情，爱护碧水蓝天，留住美好记忆，是和谐社会建设的内容之一，也是复兴民族文化的核心之一。这样会把我们赖以生存的环境保护和建设得愈加贴近期待与理想，也会使我们愈加容易找得到灵魂家园，记得住美丽乡愁。大象出版社倾心打造这样一套阵容壮观的“乡愁文丛”，就是带有这样的初衷。该文丛是具有欣赏性、研究性、珍藏性的文学工程，也是一种文化的记忆与期望。“故乡今夜思千里，霜鬓明朝又一年。”随着时间的挥手远去，这种记忆与期望会愈加显现出它的意义。

2017 年初春

目 录

上辑

魂牵梦绕

记黄包车牌号的母亲

一

每次回到成都，办完该办的事情，总要安排半天时间，邀成都的亲戚一道去磨盘山陵园看母亲。

母亲去世多年了，那年就是在磨盘山殡仪馆送走了母亲。真是让人难忘的事。我刚到北京不久，收到了家里的电报：母病危，速回。母亲生命的最后几年是在医院度过的。她得的是肺气肿，后来发展到肺心病，时不时喘不过气，最后离不了医院里的氧气管，只好把医院住成了家，一住就数年。好在她算老红军，能有一间单人病房。我在成都工作的时候，每个星期天都和妻子带着儿子去医院陪母亲。儿子一直到进了北京，才知道原先他对星期天的认识是片面的，他一直认为“星期天就是人们上医院看病人的日子”。我调离成都后，在外地工作的妹妹调回了成都，照顾母亲。离开成都时，我感到母亲的不舍，但我的调动，可以让在外地教书多年的妹妹回到省城，母亲也就鼓励我到北京工作。

母亲名叫张淑容，出生于辽宁西丰的大富商家庭，“九一八”后，只身从东北流亡到了北平，参加了“一二·九”爱国学生运动，革命起点就是北京“一二·九”学生运动。按组织部门的资历年限计算，人们都习惯称她“老红军大姐”。我离开成都，两年间回去过一次，医院也发过几次病危通知书，但都在事后才告诉我。这封电报极短，让我有不祥之感。收到电报，给妻子打个电话，我立即到东单的民航售票大厅，买了最近的一班飞机票，回到成都已是傍晚。从机场直接打出租到了医院，母亲已深度昏迷了，脉搏微弱。我坐到她跟前，喊她，连喊数声，她的眼皮抖动了几下。妹妹和妹夫说，妈总算等到你回来了。他们让我到医院门口小饭馆吃点东西，大家都一天没吃饭了，就留下长期陪同的阿姨守着母亲，出去吃饭。还是不放心，我们匆匆吃碗面条充饥，就赶回病房，前后不到半小时，母亲在我们离开时停止了呼吸。这令我深感遗憾，在她生命最后一刻，还是没有在她身边陪她。同时我也感到震撼：母亲坚持着最后一丝气，只是要等儿子回到她身边，听我喊一声“妈，我回来了”就安详地走了。

母亲去世后，把母亲的骨灰埋在哪里？有人说青城山，风水好；有人建议安放在龙泉驿，那里春天满山的桃花，风景也好。但最后还是安葬在磨盘山陵园。这是个小山丘，但离城最近，我只要回成都，花半天时间就能来给母亲扫墓。

上次，我们全家和成都的亲友都来到这里，难得聚集在一起。不是节假日，陵园显得宁静而肃穆。山不高，但一排排青松守着整洁的墓碑，空气里弥漫着鲜花和野草的气味，让我感到慰藉。我们在墓前给母亲烧了纸。墓园里有专用铁桶，把纸烧在桶里，不会污染环境又不会引起火灾。我们又找到香炉，点上蜡烛和香火，把带来的鲜花一朵一朵摘下来，摆放在墓座上。有人过来问，需不需要给墓碑描字？只需一百元！于是两个工匠又把石碑上的字全用金漆描了一遍。点蜡、烧香、燃纸钱、摆鲜花、描碑文，一件一件地做，我们又陪母亲度过了半天时间。

怀念一座小山丘，这小山叫磨盘山，因为母亲在那里。怀念是心在颤动，总需要一种形式，否则，我们难以释怀！灵魂需要肉体，当失去肉体后，我们说死亡降临了。死亡需要坟茔，因为死亡最好的证明是人们的怀念。送别亲人，这真是人生必修的一课。自从送走了母亲，我感到又走过了人生一道门槛。是她把我送到这个世界上来，又是我把她送出了这个世界。母亲走后，我常常从梦中惊醒，醒来以前，她还和我在一起。我每次回成都，都尽量挤出半天去这个小山丘，因为心灵需要一个实在的证明，不是证明给别人，而是证明给自己。形式是必要的，六祖慧能说："菩提本无树，明镜亦非台。本来无一物，何处惹尘埃。"这是彻底精神第一以至"空无"了，然而在这彻底之中仍需要借助语言这个形式啊！

有时，怀念就是这样，静静地坐着，能闻到那青草的气味，能感到一片碧绿抚慰着你的心灵……

二

我小时候是喜欢养小动物的，养过鸽、兔、鸡、猫、狗、金鱼、蟋蟀还有蚕。养蚕是在刚进小学的头两年，说起来已是半个世纪前的事了，但我记得还很清楚。这一点我也很奇怪，怎么像是昨天的事情……

最早的蚕种是向人讨来的，巴掌大的一张旧报纸上，有一片密密的蚕籽。开春不久，还冻手，就把这片纸捂在贴身的内衣口袋里。几天后，黑黑的蚕宝宝就出来了。找来纸盒，盒盖上用锥子穿出一些小孔。放上一层刚从桑树上冒出来的嫩叶子，用毛笔把黑黑的小蚕扫进盒里，也好像把自己的心扫进那小盒去了。那是一种快乐，也许正是这人生最初的快乐，让人同时记住了童年。那一年，母亲因为与地委书记意见不同，加上其他一些事，被定为“阶级异己分子”，在地委宣传部部长的位置上受到了开除党籍的处分，调到成都市教育局当中教科长。我们住的地方叫将军衙门，在衙门府后叫西胜街的巷子里。那院子大，从窗上的彩花玻璃，可以想见这院子曾风光得很。我们住在西房，北房姓王，东面是个书库，南面是个开会的房子，但没开过会。天井里的砖都被雨水锈绿了，滑，也就没人在天井里玩。只是有一丛含羞草长得很喜人，用手一触，它就瘫在地上，像戏里边的美人昏倒一样，你转身过去一会儿，它又容光焕发在阳光里招摇。母亲到这里后依然很忙，平时顾不上我们，连星期天也常是和老师们坐茶馆谈事。星期六母亲通常要带我们姐弟俩看一场晚场电影，电影院离家远，那时这城里的公共汽车只在几条大街上跑，电影散场后，昏黄的街灯下，回家的路真是太长了。

童年就是简单的快乐加上简单的忧愁。在我养蚕的日子里，我的快乐和忧愁都源自蚕。看蚕吃桑是非常开心的事。盖上一层桑叶，蚕先伸出一星儿嘴，啃出一个缺口，露出一头，然后沙沙地吃出一大块地盘。当它们全爬在上面来了，桑叶已被啃得只剩下叶脉了。它们一个个昂起头，四处晃动，要吃的。这副乞食的模样给我留下很深的记忆。院子里只有一棵桑树，桑树叶不久便被各家养蚕的孩子摘光了。一到蚕断了粮，我就眼泪汪汪。母亲冲我吵一句：“哭什么，没出息！”便骑上车，到院里有桑树的老师家里去讨，还不能总去给一家找麻烦，我养一季蚕，母亲要跑半座城。那时，我读的是寄宿学校。星期天上学校的时候，要用一只大竹篮，把一片片擦得干干净净的桑叶，整整齐齐码放在里面，上面盖一条湿毛巾。这就是我的蚕宝宝一周的食品。到蚕宝宝长大了，变胖了，身子发亮了，吃得也更多了，一篮子桑叶坚持不到周末就空了。母亲就在星期四到学校来给我送桑叶。一到星期四课外活动时间，我就在校门边转悠，盼望看到母亲的身影。那时我见到母亲真是快活极了，我不知道母亲为什么愿意为我送桑叶到学校。这违反了校方的规定，寄宿学校平时是不能探视学生的。

我之所以记得养蚕的事，大概因为养蚕对于一个城里读寄宿学校的孩子来说是有太多麻烦和太不容易的事情。养蚕只是让我找来这些小东西让自己去关心，却给逆境中的母亲添了更多需要操心的事。蚕吐丝了、结茧了，那些茧一动也不动了，我的养蚕事业也就告一段落了。不知道茧能干什么，装进纸盒，收起来。只是想到这些小黑毛毛虫就这么长大，还能吐丝，还结这么美丽的蚕茧，世界在我心里也就可爱了。这些蚕茧也真神奇，因为它们，我刚读一年级时的情形，也保留下许多珍贵的片段。今天是我母亲的祭日，记得她停止呼吸之后，我从她躺了四年的病床上抱起她时，她轻得好像吐尽了丝的蚕，能飘起来……

三

成都杜甫草堂外的浣花溪旁，辟出了个开放性的诗歌公园，我们出席公园剪彩仪式。草堂已经成了繁华的闹市区，一幢幢崭新的楼房，将草堂围在中心。草堂变得像进城的乡下人，怯怯地坐落在高楼新宅中，保持着安静，唯有安静是草堂最后的尊严。也许这安静也有价，门票六十元一张。于是爱进公园喝茶打麻将的成都市民，难得迈进这个高贵的去处，而把草堂留给外来的游客，让他们在静静的草堂里听杜甫的诗，也发一点天地之悠悠的感叹。

我的感叹不会远回唐朝，只回到半个世纪前。那是刚解放不久的成都。草堂寺、百花潭与浣花溪，这几个毗邻的近郊好去处，是成都市民春节“赶花会”和春天踏青的地方。这片成都西郊的风景地，是我童年记忆的导游图。我与母亲住在锦城西南的将军衙门附近，向西就到青羊宫。青羊宫是一座道观，它名气大，因为每年春节花会在此举办。青羊宫边隔溪相望百花潭。刚解放时这里是个小型的动物园，从青羊宫到百花潭，浣花溪相隔，那时没有桥，用木船架起浮桥，过桥收门票。我上的第一个幼儿园成都育才保育院，就在百花潭的后面。周末回家和星期天返园，都要路过百花潭。动物园里关小动物，保育院里关小朋友，大概“同命相邻”吧。青羊宫还算是城区，尽管是在城外挨着老城墙。百花潭多了一道溪水与城墙相望，完全是乡下风景了。再往西行，就是杜甫草堂，老成都人都叫草堂寺。原先这里有一座寺院，后来香火少了，名气压不住杜甫了，草堂寺也就改叫杜甫草堂。当年杜甫在此住了三年零九个月，此后自唐以来，代代修葺扩建，到清代嘉庆年间最后重修完成，形成现在这个规模，一座很了不起的园林建筑群。小时候我常常在草堂里游玩，原因是父亲所在的大学，位于草堂西面的光华村。解放后，旧大学进行调整重组，十三所大学和专科学校合并成四川财经学院，父亲在这所学校担任领导工作。四川解放后，父母从武汉一齐进川，分别在川南两个地区工作，父亲在乐山任专员，母亲在另一地区任宣传部部长。1952 年后，父亲调进成都组建大学，母亲也进了成都，但已被降为成都市教育局的中教科长。父母也离了婚。我和姐姐就经常在“将军衙门—青羊宫—百花潭—杜甫草堂—光华村”这一条路线上来回往返于父母之间。

那时，这条路线就是野外远足的乡村郊野路线。公共汽车只开到将军衙门西面一站的通惠门，再向西就出了城。我们平时和母亲住在城里，寒假和暑假才到光华村，住父亲处。老百姓往来行走，只有两种交通工具。独轮车也叫鸡公车，多运货物用，也坐人，人坐在车头，推车的人在后面推。这种车走得慢，但载重大，压得独轮叽叽咕咕叫，得了“鸡公车”的名字。另一种就是人力车，成都人叫黄包车，坐起来比鸡公车舒适，两个车轮也大，拉车人一溜小跑，也快。一般人外出难得坐它，相当于现在的高级出租车。成都人称之为“包车”，可见不便宜。我们姐弟俩去父亲学校度假，母亲就要叫一辆黄包车。坐黄包车去光华村，相当于今天的出租车跑长途了，是件大事。母亲总是在街头认真挑选，一是慈眉善目的老实人，二是要身板好的年轻人。找到车子后，母亲总是再三叮嘱，然后记下车号和车夫号衣上的号码，才扬起手与我们告别，一直在街边望着我们远去。

那时，从城里到草堂再到光华村，很长的路，路上行人也少。沙土的马路，没有铺柏油，难得有汽车开过。偶尔有一辆车开过，就会扬起满天尘土。汽车真少，汽车也没有汽油，驾驶舱旁挂着大炉子烧木炭，边跑边喘，一口气上不来就抛锚。这样的车，一路上也见不到几辆，好在有两旁田野茅舍，“锦里烟尘外，江村八九家。圆荷浮小叶，细麦落轻花”。也真是童年记忆中的美景！

如今，杜甫草堂变成城市中的盆景。高楼如云，车水马龙。站在这里，真的找不回我的童年了，还有那个记黄包车车号的母亲……

四

我说的茶馆不是老舍的茶馆，是成都这座南方省城的老茶馆。

我对于家庭和幼儿园外面的“社会”，最早接触的就是茶馆，是成都的老茶馆。老茶馆是最具成都特色的民俗生活场景，一张木桌，几把竹椅，便可开张迎客。茶馆有大的，比方说，当年的人民公园、武侯祠这些较大的公园，都有大茶馆，茶馆都是雨棚式的开放建筑，有顶没墙，房柱之间有低矮的木栏，木栏不高，可坐，人多的时候也可供跑单帮的茶客，坐在木栏上，倚着屋柱品茶休息。茶馆四面开放，围着茶馆的院坝也是茶馆的组成部分，摆满了竹椅木桌，院坝里的树木，便为茶客遮阳，太阳斜了，树荫移了，茶客只是把竹椅挪动一下，并不碍事。大的茶馆，茶馆里外，能摆几十张茶桌。小的茶馆，开在小街窄巷子，三五张桌子，都摆在街边上，茶馆小得只有一盘灶，摆着几只铜茶炉。

我上幼儿园的时候，常在茶馆里泡着，因为母亲坐茶馆。母亲坐茶馆是刚解放不久在成都当教育局的中教科长的时候。她在延安时期就当过延安中学的老师，在我印象中，这一变故对于刚三十来岁的母亲，并没有让她的生活变得灰暗。工作中结交了许多名校的老师，周末常和老师们在茶馆里聚会聊天，每次三四位，一聊就是半天。

成都的老茶馆规矩好，客人泡了茶，从早喝到晚，随意，如果单个的人来喝茶，要出外方便走动一下，只要把盖碗茶的茶盖放在椅子上，掺茶的师傅就不会收茶碗，你可以回来接着喝。茶钱便宜，一杯有品级的花茶也就一角钱，公园里的这种大茶馆就像大集市，乌泱乌泱一大片人，茶客喊：“掺茶喽！”茶师叫：“来喽！来喽！”还有笑的骂的吵的闹的，整个茶馆就像一壶开水，咕嘟咕嘟地热气腾腾。有句老话：闹中取静，我以为正是说的成都老茶馆。

茶馆里，沸腾的声浪就是最好的屏风，让每张桌子上的人几乎只能听见自己的同伴讲话，熙熙攘攘的茶客们便各有洞天，相安无扰。和母亲常一起喝茶的老师都是成都几所名校的骨干教师。我想，除了谈工作，还有气味相投吧。他们都尊重母亲，谈话中总用“张科长”这个称呼。难道这是由于母亲身上的“游击习气”？反正，在以后的日子里，我再没有见到过爱和老师们坐茶馆的教育科长了。

老茶馆不像现在的时髦茶楼，摆出一副“饮茶品茗”的高雅，老茶馆是市井的社交场所。据说以前老板会贴一张“莫谈国事”的帖子。这个帖子我在茶馆里没见过。茶馆是个开放的环境，说雅一点“阳光下的交际场所”，凡是能见光的事，在这里都能做。会朋友、谈生意、相亲见面、看书读报、听评书、晒太阳、捏肩膀、挖耳朵……一听金属镊子划出的声音，那就是掏耳朵的师傅过来了。我跟着坐茶馆，便用小人儿书打发时间。茶馆里有出租连环画的，一分钱看两本，五分钱便能畅快地看上半天，大人们谈什么，也就从不关心了。

想到老茶馆，是由于掂量出母亲和这些老师的友谊真是应了那句“君子之交淡如水”。据说成都的茶馆文化盛行，是与当年南征的“八旗子弟”有关系。清兵南征，一批满蒙子弟留在成都，他们生活的地区便是后来的“少城”，这些闲人，让成都变成消费之都，遍地饭馆茶馆让成都活色生香。我们家进成都就住在少城区，将军衙门后的西胜街一所公馆里住着全机关的家属。刚进城的共产党不是吃铁杆庄稼的“八旗子弟”，在老百姓心中还真的很清廉。在我记忆中，不知跟着母亲进了多少次茶馆，但从没有和任何老师一起吃过饭。“下馆子”在那个年代是很奢侈的事情，没有人动这个念头。

跟着母亲坐茶馆的事情在 1957 年结束了。记得那两天下班后，母亲骑着车外出，很晚才回来。后来才知道，母亲那两天都在往学校跑，给她熟悉的老师朋友说一句忠告：“多听少说！”记得有位老师在母亲赶到前已经不住动员在大会上发过言了，这位老师姓黄，后来被划为右派。

十年之后“文革”中，我们家再次遇到风浪，我独自在成都为父亲的事奔波。此时已被下放到大凉山的母亲给我写信，信中说，如遇到困难，生活无着，可以去找这几个老师：九中的陈老师、十九中的张老师，还有附中的黄老师……

他们都认识我，记得我见到他们时，他们说一样的话：“我认识你，你是张科长的儿子。”啊，那时，我只是茶馆里读小人儿书的孩子……

五

在大凉山的首府西昌城南十来里，有个叫邛海的湖，湖西有座叫泸山的山，五十多年前，山下湖边有一所学校——西昌师范学校，在这学校的一排平房中，有过我的家。那是“大跃进”后的三年严重困难时期，我的母亲被从成都下放到这个偏僻山区当一名教师。不久，我也从成都转学到西昌，和母亲一起生活。在下放以前，母亲是省上一家刊物的副主编和某研究室的副处长，尽管在五年之前她受到过开除党籍处分，降了职，但下放一事，没有任何“新处分”的痕迹。她到西昌先是省教育口下放人员的“带队领导”。其他被下放者到基层劳动了，她待在机关里闲得没事干，又不愿去监督巡视下放人员，于是就要求到学校当老师。有关部门不知是谁同意了，她就来到了这所师范学校。到学校后，她每月去领工资，发现自己的工资比校长多得多。她想，我是来锻炼的，于是她交了两份申请，重新入党的申请和要求把工资降到低于校长水平的申请。入党的申请没批，工资很快降下来了。从此她在大凉山待了二十年。二十年后，母亲得到甄别，恢复了党籍和职务，但她的下放问题和降工资问题“无法弄明白”。这二十年来她的档案一直还在省上，她是真正地“自动下放和自动降级”二十年。

我从成都坐了三天的汽车，又让一辆小马车接到了这个家。

那时，这里真荒凉。学校没有围墙，野兽常在房前屋后窜。大凉山刚搞过民主改革解放奴隶，社会治安也不太好。就在这个时候，我第一次读了艾芜的《南行记》，如果你今天读这本书，就可以了解我那时的心境。

比蛮荒更直接的是饥荒。我到这里后，正赶上全国的三年严重困难时期。西昌是一个没有大灾的地方，除了夏天的泥石流，人们还没有经历天灾的经验。

在延安参加过大生产的母亲，又在这里让我体会到许多难忘的事。

我们在门前的空地上种上了苞谷，长得挺好，但周围都是高大的树木，没有阳光，苞谷秆就拼命地往上蹿，老高老高，夏天第一场暴雨，它们就全倒了。我们在屋后种了南瓜。南瓜长得很大，二三十斤一个，又能放得久，两三个南瓜，就让一个冬天有了底气。

饥饿年月，冬天特别难熬。越冷越饿，越饿越怕冷。在学校里念书，一下课，大家就靠着太阳晒着的那面墙，特别觉得“万物生长靠太阳”“我们都是向阳花”真是唱到心坎上了。

在那个饿死许多人的灾年里，我开始了在大凉山里的生活，这三年我长高了两厘米。这三年我就读于邛海另一侧的一所初中——西昌川兴中学。

现在，这地方是有名的航天城——西昌卫星发射基地。去年，我应邀去现场看“亚太一号”发射实况。我对主人说，我在邛海边住过三年。“哎呀，那可是依山傍海最有名的风景区，著名的疗养地。”是啊，我想起来了，那里确实风光美丽，只是住了三年，我都没有注意到这山光、这水色，可惜了。

写到下放大凉山，想起了母亲的几个同事。那时，原本实行奴隶制的彝族地区刚实行民主改革，大凉山基本上可以用四个字形容：穷乡僻壤。那时的大凉山有多荒凉？记得头一个月，学校前的马路上就发生了抢劫案，民族干校的会计到城里领了工资回校，半途便被两个学生劫了道。学校建在半山坡上，山上的花豹钻进猪圈咬死了猪，花豹拖不动肥猪，便在圈内饱餐美食，吃饱了，竟然不能再从猪圈木栅栏钻出去，被人生擒了。门前有劫匪，后山有豺狼，头一次身处如此险恶的环境，我便对身边的人特别关注。母亲的同事中，大多是当地的教师，也有不同凡响的人物，让人终生难忘。

一位是学校的音乐教师，气度非凡的高挑美人，在这荒山僻野就是仙女下凡。她和我的母亲关系很好，常到家里与母亲聊天。她没有男人，却带着一个小女孩，小女孩不像她的妈妈，两条眉毛又浓又黑，像个男孩。那时总有运动，还时兴写“大字报”，一来运动，老师们的事就被好事者们写成大字报贴在墙上。揭发音乐教师的“大字报”总是用“糖衣炮弹”代替她的名字。我问母亲，母亲说：“别信那些，这是个不平凡的女人，读大学时，与学校一个地位很高的人发生恋情，有了这个女儿。为了保护那个男人，她主动申请支援边疆，来这儿当了老师。”这个女老师让这蛮荒之地充满了一种温馨气息，让我从劫匪和花豹的噩梦中走出来，发现这里满山遍布着黄色的、紫色的小花。后来，在“文化大革命”时期，一位头发斑白的男人来学校里，先找我母亲，后来又与这位女教师见了面。他就是那个女孩的父亲。那次见面后，这位父亲将女儿接回了省城，而音乐教师依然孤身一人，终老于大凉山这所平常的学校。

还有一个男老师，对我母亲很好，因为我母亲在北京读书时，参加过“一二·九”学生运动，他总是这样对别人介绍我母亲：“张老师就是林道静！”这位男老师是个混血儿，老爹是美国人。

男老师喜爱游泳，学校前面有个大湖，让他十分开心，每天上完课他就泡在湖水里。他能在水底潜水行走，这让我十分不解。他力气也大，学校里凡有义务劳动这类事情，他也一个人顶三个人。他像个大男孩，也爱和孩子们一道玩。我问他：“你为什么不去找你爸爸？”他笑着说：“他是帝国主义！”如果说音乐老师像个仙女，这男老师就像个洋人王子，这穷乡僻壤也就有点“绿野仙踪”的味道了。只是男老师很快就离开学校了。这是由于受三年严重困难的影响，学校一天就开两顿饭，一顿饭每人一个馒头或半碗蒸饭。这位体格硕大的老师以前一餐就要吃四五个馒头，熬了几个月，实在饿得受不了，他便给那位美国老爹写了信。不久，上面便给他办好了所有的出国手续。看来，他那个爹还是个有权有势的人物哩。临走之前，他来向我母亲告别：“大姐，不是我不爱你们，我实在太饿了，真的。”就这么说的，告别词简单得让人想忘也忘不了。

六

晚上电视里又出现了那位说东北话、总是饰演母亲角色的老演员，妻子说：“这演员真像咱家老太太。老太太真是个心善的人，我想到那个困难的时候，周末为你留的一根干瘪的胡萝卜。”她说完这话，我俩都沉默了。老母亲去世多年了，妻子一下子说起干瘪的胡萝卜，又把我引回到五十年前那段漫长而饥饿的乡村中学生活……

母亲是从省城下放到大凉山“基层锻炼”的，下放后遇到三年严重困难时期。当时，我就近上学的西昌专科学校附中只办了一年就撤销了。学校撤销，农村来的同学就失学回乡，学校里少数城镇户口的学生便安排到其他学校读书，我去了川兴初级中学。西昌是川西高原中的一块坝子，也就是四周高山围起来的一块小盆地，盆地的中央是叫邛海的湖泊，这使西昌有了高原明珠的美誉。母亲所在的师范学校和川兴初级中学隔湖相望。在 20 世纪 60 年代初，交通十分不便，我从家去学校，只能沿田埂小道走，老乡说，这段路有三十多里，我每次回家，都要走三个多小时路。

这根干瘪的胡萝卜让我又走上了那三十多里的田埂小道。学校是周六下午放假。川兴初级中学是川兴公社办的农村中学，几排干打垒的房子，再加一个平整出来的操场，便是学校。我刚去的时候，学校连围墙都没有，四周都是农田。有一条不长的土路连接进县城的公路，公路也是土路，没有铺柏油，也没有公共汽车。学校到城里有十五六里远。从县城再到母亲所在的师范校也是土石公路，还是十五六里。开初从学校回家，胆子小，走到一半天就黑了，所以要走公路回家，公路上虽然没有灯光，但总有来往的行人车辆给自己壮胆。那时候，不光是怕黑，还怕狼，当地人叫狗豹子。不仅怕狼，还怕山上的彝民，大凉山民主改革在 1958 年才进行，在此以前奴隶主下山来抢人当奴隶的事，还让当地老百姓心惊肉跳。家里的小孩一淘气，大人就吓唬：“还不回家，下山抢人的来喽！”那时，我才是一个十二岁的孩子，要在荒郊野外走完三十多里路，实在是“弟弟你大胆地往前走”，没有人给我唱这支歌，只因为路的尽头就是家，那里有我想了一个星期的妈妈。我在这路上过了两年，越走越大胆，到后来就不走公路，沿着湖旁走田埂小道，这样会省两三里路；同时，走小路心里紧张，脚下的步子自然也急，总觉得能早些回到家里。直到今天，我还能回想起那些田埂小路、那些蛙鸣和月色。能够与我的心境还有当时感受到的山野风景相呼应的有两本老书，一本是艾芜先生的《南行记》，一本是作家高缨的散文集《西昌月》。艾芜描写的是经典风光，苍凉而凄清；高缨的作品则是在西昌深入生活之作，浪漫而绮丽。两种情绪糅在一起，就是在大凉山乡村中学读书的叶延滨每个周末步行三十多里回家的心境。

三年严重困难时期，中学生有每月 27 斤粮食的供应，由于没有肉、糖、油、蛋等副食品，27 斤粮食分配到每天就是每日三餐共九两食品充饥。到了周六最后一餐的时候，不同家景的同学就会有不同的举动：家景较差的同学，平时吃饭时，常把自己定量的食品让给其他同学，说好周六的时候“偿还”，这些同学到了周六吃饭时，就会“收回”平时省下的米饭，给家人带回去；家景好的同学，就会把这一餐“还给”平时“借饭”的同学，空着肚子回家去，吃家里的晚餐。西昌是山区，在三年严重困难时期，靠湖的农家能偷偷下湖捉鱼，生活比较宽裕。靠山的农家，能上山采蘑菇、拾山货、打野味，过日子也能有点油水。苦的是种粮的农民，还有城镇居民，有钱也买不到吃食。周末回家，母亲总要给我留一点吃的东西。开始还有糕点，后来只有些杂粮饼干，到了最困难的时候，我记得母亲从抽屉里拿出来的是一根干瘪的胡萝卜。胡萝卜都放干瘪了，可以想得出来，母亲早早地就留着它，留给周六回家的爱子。

细节，就是生命蓄存的文件密码。一根干瘪的胡萝卜，对于我，就是生命中一段难以忘怀的岁月和亲情中永远温馨的母爱……

七

记忆是奇怪的。有时，记忆像个最吝啬的精灵，选择那些当时零碎枝节的细部，留了下来，而且越在脑海中留得久，印痕越深；越在时光之中存放，越放大得清晰。记忆是对人生的一种珍惜，这种珍惜又使我记得我曾经珍惜过的事情。

不知道现在的《语文》课本中还有没有王愿坚的《七根火柴》了。这篇回忆录，从七根火柴的角度，写下了红军过草地的千辛万苦。这是一个短篇纪实文学作品，每次看到那些动辄数十万字的“巨型报告文学”作品，我就想到了《七根火柴》。我以为这是一篇写长征的经典作品，用一个红军战士对七根火柴的珍惜，表现了一场举世瞩目的长征壮举中人性的光彩。

我们生活的现实，已经到了处处声光电的五光十色时代。我记得，在我少年时期，最困难的岁月，我们珍惜每一根火柴。那是疯狂的“大跃进”之后的三年严重困难时期，物质匮乏到了空前的境地，所有的东西都需要配给，都要凭票证定量供应。我记得，有粮票，粮票还分粗粮票、细粮票、全国粮票、省粮票等。县里自制的粮票叫“搭伙证”，不能流通购买粮食，只供在单位食堂就餐，然后各个单位的食堂可以用它到粮站购买粮食。此外还有食油票（每月三两）、棉花票（每年半斤）、糖票（每月半斤）、糕点票（每月半斤）、布票（最少的一年每人一尺五寸）、肥皂票（每人一块）、肉票（最少的一年每人每月半斤）、蜂窝煤票（城市居民专有）、煤油票（发给电力不足的小城市居民）等，还有逢年过节发的茶叶票、香烟票、豆瓣酱票、酒票、豆腐票……如果要了解中国人在 1960 年前后维持生命的最低保障情况，可以去调查一下那个时候城市居民的票证发放情况。那些邮票大小的票证，让人们感到生命的依靠。在所有票证中，还有一种叫火柴票。

说到火柴，我们就会想起安徒生的童话《卖火柴的小女孩》。那个可怜的小女孩，在寒冷的冬夜用火柴的光，点燃了自己的梦想，让生命最后时刻有些许光明和温暖。我读这个课文的年代，正是中国人连火柴也需要票证才能买到的年代，因此，这小女孩不断划燃火柴的举动，在我们那一代孩子眼中，也许显得太奢侈了。我们更理解《七根火柴》，知道每划一根火柴，都是一件非同小可的事情。有一年，在我的记忆中，火柴也要凭票供应，一家每月两盒火柴。火柴在那时不贵，两分钱一盒，但没有票，有钱也买不到。两盒火柴，不足两百支，平均每天六支。烧三顿饭，晚上停电点煤油灯、点蚊香，还不是每一根都能点燃。两盒火柴，一个家庭维持生存最低的需用量。如果家里有一个抽烟的人，那就不够用了，两分钱的火柴就成了一个重大的问题，摆在全家人的面前。

四分钱，两盒火柴，在那个饥饿和寒冷的年代，让我看到了母亲坚韧而乐观的灵魂。我在一篇小文章里说过下面的这个细节：那时候，每天清晨，学校大食堂烧早饭的时候，烧柴草的灶孔下，堆着从灶里落下的柴草灰烬，灰烬中还有没有熄灭的红炭渣。下放到大凉山当师范学校老师的母亲，就到伙房的灶孔去端一盆柴草灰。压得紧紧的一盆炭灰，可以从早上到下午都保持着热气，用小火钳拨开灰烬，还会冒出豆粒般星星点点的小火炭。就这样，不仅能取暖，还能省下火柴，留在没有炭灰的时候用。

用手指捏着火柴，划一下，噗地燃起来，那火花真好看。小心地点燃煤油灯，黑黝黝的屋子顿时有橘黄色的光亮。“真好啊，有火柴的时候，就不怕停电。”这是我对光明最早的礼赞。在那个最寒冷的冬季，我们家除了每月两盒火柴，母亲还有一份“特殊的供给”——每月一斤肉、一斤黄豆、一条香烟。这是配给具有“老红军资格”的人的待遇。母亲虽然被下放到大凉山当一名普通的教师，但不知为什么，这个待遇没有取消，让我们在最困难的时候，有了这点奢侈品。买肉的时候尽量挑肥一点的，连皮带骨头的一斤肉，把皮和骨头加上青菜做一锅肉汤。剩下的肥肉熬成油，把瘦肉剁成肉末，在热油里做熟了，然后一起放在一只小罐里，做成一小罐有肉渣的猪油。以后的一个月，做菜的时候，用竹筷挑上一星儿，青菜就有了肉味了。

一根火柴点亮油灯，半星油煮一碗青菜，在那个最困难的年月，在那个叫大凉山的深山里，让我感受到母爱那么真切、那么细腻。

2013 年 2 月 整理于北京

耐心的胜利

父亲去世多年了，每到清明，总会想起父亲的一些往事。我和父亲共同生活的时间不多，他是个忙人，儿时，我一直在学校住校，后来又在母亲的流放地大凉山，陪着母亲在那里读完中学。把我召回到父亲身边的是“文化大革命”时期的一张报纸。1966年初夏，北京大学抛出了陆平，南京大学抛出了匡亚明，于是省城的省报头版以几乎一版的篇幅，点名批判在大学当校长和党委书记的父亲。大段的声讨文字中流露了这样一个信息：走资派叶某某被愤怒的革命师生包围，工作组做了大量的工作才免于一死。就这样，我赶回省城，来到父亲身边。

还记得见面的情形。在被抄得几乎一无所有的家，我等候从批判会回来的父亲。父亲推门进来，一身灰色的中山装，黑圆口布鞋，头上戴着一顶纸糊的高帽子，胸前挂着一个大牌子“黑帮分子叶某某”。“来啦！吃过饭了？”父亲一边打招呼，一边把高帽子脱下来，放到门边，又把胸前的“黑帮分子”牌子挂在衣帽架上。我们这次见面，是经过工作组批准的。父亲以写交代材料需要为理由，从抄家的物件中要回了四十多本工作笔记。大概他早有思想准备，这四十多本工作笔记，在被抄走前都用毛笔在封面上编了号。父亲把它们交给我带走。见面不到一个小时，父亲说：“时间到了，你走吧。”然后胸前挂上牌子，把纸高帽扣在头上，往门外走去。突然，他转身说：“今天是你的生日吧？十八岁了！大人了，哦，我在你这个年龄都当团政治部主任了。”父亲淡淡地微笑着，推门出去。这曾是个家，但现在这个家空空荡荡，父亲不能住家里，在学生大楼里被三个学生看管同住。我也不能住这里，武斗开始后，几百米外的公路上常常有人朝这里打枪。出门前，我数了数墙壁上被重机枪打出的弹孔，正好有十八个打穿进屋的孔，十八个，和我的年龄一样。

省城武斗越来越升级，军管会把各厅、局和各大学的“走资派”集中在锦江宾馆办学习班。不久就传出医学院的院长和一位大学副校长跳楼自杀的消息。听说其中一位还与父亲同住一室，大白天正写着材料，推开窗就一头栽了下去。听到这消息，一连好几天我都围着锦江宾馆散步，我希望父亲万一也推开了窗，会看到我。我希望他活下去。

连连发生跳楼事件，学习班也办不下去了。上面叫各单位派人把自己的“走资派”领回去。我早早骑自行车赶到宾馆门口守候，看到有的开着小车把人接走，有的是派人和家属一道来接人。父亲的那个大学造反派威猛，开来一辆大卡车，车上贴满“打倒”“砸烂”的大标语，车帮上架着高音喇叭。来者不善。一群造反派，拥着父亲出来，刚迈出大门，立即反扭父亲双臂，按着头，哈着腰，按倒在卡车驾驶室顶棚上，大喇叭狂喊乱叫，大卡车疾驶而去，我一路紧追，追进大学的校医院。

我没见到父亲被打的情形，只见父亲牙齿脱落嘴角出血和浑身青紫的伤痕。一位穿着白大褂、戴着大口罩的中年医生，抬手递给我一张诊断书，上有一行检查结论：长期缺乏锻炼所致劳损。这个医生的这张薄纸，让我明白父亲的处境。大学在城西郊区，距城区六七里路，校门前是一条省道，因而学校是造反派扼守省城的要地。学校变成了“军事据点”，校门口堆满沙包工事，持枪的武斗队员日夜站岗。父亲被关押在学生宿舍大楼里，同房有三个造反派大学生同住，24 小时值守。要把父亲从这样的地方救出来，是件难事。我为此找过军队“支左”当局，也找过“革命委员会筹备小组”，均无任何结果，有点同情心的也就说出一句：“现在这么复杂，只有家属自己想办法。”

大学的一位中年女老师，找到了一位姓张的工人帮助我，此人在部队当过侦察员，参与讨论的还有一位姓黄的技术员。讨论产生了一个长达数月的计划，主要实施者是我和父亲两个人。

我每周从城里到城郊的大学去看望父亲两三次，骑自行车，背一大包食品和必需的日用品。每次进校门，武装人员都要检查所带的东西。进到宿舍楼，通常都有人与父亲同在屋里。每次我都带四份食品，给父亲一份药品和咸菜、水果，给那三个同屋的学生点心和水果。开始他们推却，界线划得清楚。我就把东西放在桌上，等我一走他们也就乐得享用。次数多了，当我的面他们也就吃起来。除了送食物，我每周还要给父亲剪一次头发。用推剪给父亲推出短发平头，不在乎样式好孬，剪完了，父亲用手抓一下，头发剪短后抓不住了，说一声：“行了！”上批斗会，揪不住头发，要少遭许多罪。

我的努力目的是让父亲保持与外面的联系，而父亲的努力目的是用耐心争取一个逃走的机会。

和看守的学生关系得到了改善，父亲就提出每天早上到锅炉房打开水，顺便也散步放风在校园里走一圈。原先是每天下午出去放风走一圈，每次都有一个看守陪着，后来改成早上六点起床上锅炉房打水同时放风散步。看守者睡不成懒觉了，不乐意。多说几次、多吃几次我带来的东西后，他们同意了。

秋天的六点钟，天已经亮了，走一圈回来，正是吃早饭的时间。天天不变，清早六点准点起来，天色一天比一天暗，天气也越来越冷。终于有一天轮值陪同者不想起床了，父亲独自一人，照常去锅炉房打水，然后提着热水瓶沿着校园围墙走一圈，七点前回到住处，东方才泛出鱼肚白。校门有人站岗，父亲不可能走出去。天没亮也没有人注意有个“走资派”独自一人在校园里走。默许变成习惯，打那以后，早上起床后没有人跟着父亲了。六点出去，七点回屋，正点正常。

十一月的一个夜晚，工人老张和我，住进了学校墙外一户人家中。早上五点，我俩推着自行车，来到校园围墙外一道小铁栅门等候。雾气浓重，寒意透心，上下牙不禁时时打战。六点半时分，父亲走到了小铁栅门前。我把一架小竹梯从铁栅间塞进去。父亲把竹梯搭在围墙上，爬上围墙，又抽起竹梯递了出来……成功了！从秋到冬，就为了这一刻！工人老张骑车在前面开道，我努力稳住神，两条腿直哆嗦，一咬牙蹬动了车子，父亲坐在后架上，拍了一下我的背，两辆自行车一前一后，沿着小道冲进了浓浓的晨雾中！

这是我一生中最值得自豪的一次成功，这是耐心取得的成功，耐心做那琐碎、乏味、刻板的小事，因为有爱，因为有信心……

2013 年春

田 田 的 故 事

星期天

儿子已经三岁半了，什么事都自以为明明白白，像所有的孩子一样，最不喜欢上幼儿园，最喜欢星期天。“田田，明天是星期天了。”“哦，坐车去看奶奶喽！”儿子的奶奶已经七十多岁，三年前因肺心病住进了医院，一住就住成老病号了，现在还离不开病房里的那根输氧管。儿子打一记事起就每个星期天和我们一道去医院看奶奶，他所有的星期天都是在医院过的。有时候我和他妈妈觉得孩子的星期天被我们剥夺了，很过意不去，但孩子不这么看。他以为星期天就是让大家上医院的日子，如果平时我们上医院让他知道了，他会很奇怪：“今天是星期天吗？不对呀，星期天我是不上幼儿园的。”

看奶奶是孩子每个星期最重要的活动，走得最远，要穿过这个城，从东城到西城；花的时间最多，从早上八点出发到下午三点回到家里。儿子每次都是在电车上睡着了回到家里接着睡，醒来已是傍晚了。当妈妈的为了给孩子一点补偿，便带着儿子上对面的商场转一圈，再买上一块冰淇淋，儿子的星期天便过去了。一个三岁半的孩子刚好已有整半年的时间是在这样“上医院看奶奶”中过去的，我们这些大人难免都有劳累感，儿子却从不厌烦，每逢星期天睁眼便是一句：“看奶奶！”

宿舍的门外是公共汽车站，星期天人多常挤不上车，挤上车后儿子知道自己的座位是售票员面前的那个小台，坐上去冲售票员阿姨一笑：“谢谢阿姨！”脾气再大的售票员也从没对儿子占据自己的工作台表示不满。坐了汽车又转电车，下了电车还有很长的一段路。这段路儿子是没有力量坚持走完的，妈妈抱和爸爸背，是儿子在星期天提出的最主要的要求。自从儿子满三岁以后，很了不起的一个进步就是在这段路上不再说妈妈抱爸爸背了。他知道爸爸提着的是一大锅炖汤，奶奶爱喝肉汤，这锅汤足够奶奶放进冰箱吃上几天。妈妈拿的是奶奶电话上要的东西，水果、杂志、衣物、香皂、牙膏……儿子会心疼人了，于是轮上我们俩说：“爸爸背一会儿吧？”“妈妈抱一下吧？”儿子实在走不动了爬上我的背还说：“我长大了开直升飞机让爸爸妈妈坐飞机看奶奶，好快好快啊！”

等待孙子是奶奶一周最盛大的外事活动。刚入院那阵子，亲朋好友、上级下级来的人真不少。后来一年两年过去了，大家都有许多事要忙，来的人也就渐渐稀了。逢年过节还是有人来探望的，平时让老人家最挂在心上的就是孙子星期天要来。为了迎接孙子，奶奶早早起床，陪伴的保姆要忙一两个钟头，为完全失去自理能力的老人梳头、洗脸、换上干净的衣服，然后老人端端正正坐在沙发上等着，等小孙子咚咚的脚步声还有那又脆又响的一声：“奶奶！”这时老人浮肿多皱的脸上全是笑容。连保姆都说：“老太太住院久了，脾气大了，只有看见孙子没脾气，小孙儿喊几声是最好的补药。”儿子在小小的病房里没什么好玩的，坐奶奶的手推车，到阳台上看树枝上的小鸟，去护士的办公室称体重量身高……但对老人来说这是过节，是受病痛折磨六天后唯一的欢乐。

儿子在家很淘气，又娇惯。但在医院里总给我们长脸，叫干什么就干什么。“和奶奶拉拉手！”“亲奶奶一下，再亲这边一下！”“给奶奶画一个飞机！”……叫人奇怪的是，在家里吃饭又是要讲故事又是要看动画片，在医院吃病房极无滋味的午饭，儿子吃得津津有味让人怀疑。这事也让老人家开心，因为这是她提前一天订的饭菜。

一直到下午一点多钟体力坚持不下去了，老太太才恋恋不舍地说：“再喊一声奶奶……”看着奶奶睡下了，儿子挥挥手跟着我们出了病房。一坐上车，儿子就耷拉下头呼呼入睡，这个星期天又过完了……

儿子名叫叶田田

“这是我儿子，名叫叶田田。儿子，叫叔叔……”“我不叫叶田田，我叫叶直飞！”儿子总是爱这样在客人面前抢着介绍他自己的新名字。一般人很不容易理解他这个名字的含义，儿子一看对方布满疑云的脸，便补充道：“叶田田是爸妈取的名字，叶直飞是我自己起的名字，直飞就是直升飞机，波飞就是波音飞机，这个你还不知道？真笨。我属马，我最聪明！”儿子叽里咕噜说了一大串，客人没听明白，于是我对儿子喊道：“减少数量，提高质量。”儿子安静了。他还不满四岁，他说话晚，两个月前又在舌头下剪一刀，于是就像商场剪彩后人山人海，儿子的话也同开闸般地多。一多就说不清楚，于是我们便为他拟了这条口号，挺管用。一说，他就安静两分钟。

儿子自作主张给自己取名字，已不是头一回了。两岁时儿子开始说话，不说“我”也不说“田田要”，而是自称“嗲嗲”，给自己取了这么个怪名字，全家人谁也不知道出处何在。这么个怪名字在儿子反复使用的情况下当爹当妈的也嗲嗲长嗲嗲短地喊起来，一直喊到儿子进幼儿园。“儿子，上幼儿园不能再叫嗲嗲了，对不？老师问你叫什么，怎么说？”“我叫叶田田！”叶田田这个名字被儿子接受了大约有半年，半年后就想出来个叶直飞，一直使用至今。一般来说在正式场合　如上幼儿园、到医院，儿子承认叶田田是他的名字，其余场合忘不了声明他是叶直飞。

儿子给自己取个与飞机有关的名字也有原因。他一直非常喜爱飞机。他出生以后买过各种玩具，布娃娃、绒毛狗、下蛋鸡、小汽车、玩具枪、小火车……在他两岁生日的时候他妈妈给他买回一架电动直升飞机，自那以后，儿子要玩具就只要买飞机，上商场一旦看到家里没有的飞机玩具就会赖着不走。“儿子，今天妈没带那么多钱，明天来买好吗？”儿子恋恋不舍地走了，但第二天他会不断念叨：“妈妈，我们昨天在商店看见什么了？”“妈妈，你说我们今天有个什么事要办呢？”就这样，儿子有了几十架大大小小的飞机，至今热情不减。上个月在一家新开的商场见到一架标价一万八千元的飞机，“我真爱得不得了！”为了这个“不得了”，我们对他进行了一次奔小康的教育：“田田，爸爸打字你别捣乱，我们一天给你存十元，存上一千八百天，到了 2000 年你十岁了，就可以买回来。”于是这个月他每天一睁眼就问：“今天是 2000 年吗？”

儿子的爱好专一得让人感动，他爱画画，百分之九十画的是飞机。他画直升飞机画得真不赖，还有战斗机、波音飞机加上他想象的下一代飞机。“儿子，下一代是什么意思？”“就是现在的都打烂了。”儿子第一回上幼儿园图画课，老师让他为一朵花着色，儿子把纸翻过来，画了个飞机交上去，弄得老师有了意见：“你们在家教过他画画吗？”接孩子时老师特意问了这一句。我责问儿子，儿子答道：“我怎么能画那些太简单的东西？”儿子对飞机的热爱常给家里带来许多麻烦。晚上看电视，只要一出现飞机，那么今晚麻烦大了，一是不能换频道，二是儿子不再按时睡觉，要坚持等这架飞机再飞回来。看着他困得眼睛都睁不开却痴痴等待，全家吓得多少天不敢再开电视。

如果你来我们家做客，你问我儿子：“你为什么这么喜欢飞机？”儿子会给你一个认真的答复：“不为什么，你不知道吗？我是飞机变的，从外星飞到妈妈肚子里的！”对儿子这个关于自己身世的说法，我和他的妈妈都不打算去作什么纠正，有什么说法比这个更让儿子自豪的呢……

不想长大

儿子的生日很好，四年前出生的时候按阴历是正月十五，今年他满四岁了，出生日再一次凑上个好日子，是大年初一。他是 1990 年 2 月 10 日来到这个世界上的，两种历法的差别让他老是在大年初一和正月十五间过生日。儿子是个有福的孩子，他给这个小小的家带来了不少的欢乐。今年过他的生日，对他说，你又长了一岁了，真是看着看着就长大了。儿子问，我会长大吗？回答他，会的。再问，我长大了爸爸妈妈呢？答，爸爸就变成爷爷了，妈妈就成了老婆婆。儿子哇的一声哭了，我不长大，不长大，我不要妈妈爸爸变老！

孩子很聪明，他奇特的想法让人感动。我是过了四十岁才得到这个孩子的，心里对他的疼爱真是说不出来。他的话让我感动更引起我的久久沉思。在四十岁以前，心里头几乎没有老了如何这个念头，过了四十岁，发现时间过得特别快，有时觉得岁月就像卫生间里那只拧不紧的水龙头，让生命在不知不觉中一滴滴地悄悄漏掉。在四十岁以前好像是在为生命做储备，总是在想还要干什么，总是不惜花费精力和时间去实现自己的愿望，几乎不考虑花这么多的时间去做这件事值不值得，只是想证明自己的能力却不计算为此付出的时间，以为那是取之不竭的一眼泉水。这几年才越来越觉得自己做每一件事都是在进行一次支付，付出的是自己全部生命的一部分，而生命本身已不是可以任意挥霍的了。也许这些想法和额上的第一条皱纹、头上第一缕白发一样是来自生命深处的一个讯号，提醒我想一想有关生命这个又老又新鲜的题目。

我们世世代代都面对一个基本的问题，生命的完成与延续，因为太老，这个话题引不起人们的兴趣，只有几个哲学家在那里苦苦地将其弄得越来越苦涩。更因为在这个题目下做的文章浩若烟海，让许多想涉及一下的人望而却步。我自己有自知之明，知道解决不了天下人想解决、迄今又没有有效解决的这一难题，于是认真想想，在儿子不愿看到的那个并不遥远的“老了”到来前，自己如何使用这不算太多的生命库存。

我是一个书生，用时髦的说法是个作家，有别于其他行当的人，我有个性有价值的生命活动就是简单的“读与写”。应当说明这并不是最有价值的生命形态，如厨师生命形态有价值的活动就是烹调，他以自己的生命付出给其他生命体带来快乐和享受，歌唱家也是如此，只是快乐和享受的内容不同而已。读书是一种享受也是一种付出，同时还是生命的一种延伸。在我读书的时候，我不完全是此时此刻的人，我的生命伸向了前人所在的年代，与先人精神上的交流、对话，使多少年以来的人类精神生活的一部分在我的生命里得以参与、重叠、压缩、延伸，这在生命时间上是一种向前延伸。在我写作的时候，我不完全是一种生命消耗，同时也是一种储存行为，我的思想、情感、才能这些生命的精华，也许有可能使我写出的某些文字有了可供他人阅读的价值，当他人阅读这些文字并有所感悟时，可以说我的生命时间向后得到了延伸。从这个意义上说，对我而言，生命的价值和时间得到了最为充分的实现。当然，这一切有一个必不可少的前提，就是自己写出的作品本身应有可读的价值。

儿子似乎不明事理又饱含感情的愿望，当然是不切实际的，但是一个四岁孩子说出的却是千百年来人们最根深蒂固的渴望——“长生不老”。大概这是生命本能的要求，否则无法理解一个四岁小孩怎么会与皇帝爷们想的一样了。其实做人的艺术就是支配时间和被时间支配的艺术。不是吗？请看画家怎么把他的一生凝固为一幅让人百看不厌的画，运动员又是怎样把他的一生压缩为破纪录的那零点零一秒……

梦与苹果

儿子自上小学一年级后，这半个月一直处于兴奋状态。小学给他的观感，毕竟和幼儿园不一样。看得出，这种不一样，有快乐也有苦恼。前几天他就给妈妈说，他上课举手老师总不理他。我们就开导他，同学很多，刚开学，老师会让你发言的。前天晚上，孩子如往常一样睡下了，不一会儿听见有动静，我们到儿子的小屋一看，儿子在梦中坐起来，曲臂举起左手，就像在课堂上等待发言。这让我们久久难以平静下来。好多天我们都在有意无意地讲，老师没让发言不是一个重要问题，重要的是，举手是表明你自己知道了这个知识。说归说，心里总希望这个“举手事件”早日了结。今天下午，儿子一回到家里，兴高采烈地报告，老师让我回答问题了。

儿子到了有梦的年龄了。而我也到了不在意梦的年纪了。

我是一个多梦的人。不是修辞意义上的多梦，而确实是一睡觉就会做梦。多年如此，活一辈子，一半在梦中，不算是夸张的说法。做梦多，多是那种做了也记不住的梦，也就不觉得做梦算个什么事，睡觉就等于做梦。

大概因为梦在一生中占有非常重要的位置，所以，对梦的态度也影响到做人的态度。做人最当紧处，是自己对自己有一个标准，这个标准，决定一个人的处世态度。现实社会给人们提出许多做人的标准，市民有市民公约，学生有学生守则，就是当官也有各种对领导干部的要求，如果再加上其他各种场合中对人们提出的各种行为规范，一个人要遵守的行为标准数也数不清。我不是说太多也就没用，有规矩总比没规矩好。不准大吃大喝的规定多一些，总比大吃大喝的人多一些好。但人活一辈子，最能管住自己的，还是自己给自己提出的要求。我对自己也有要求。努力做得更好一些的话就不说了，只说最低标准。不知你遇到过这种情形没有，在某些诱惑面前，比方说，荣誉、金钱、职务之类给你提供了机会，只是让你取得的方式不那么光明磊落。天不知，地不知，只有自己知道怎么回事，这种情形下你怎么办？我不是圣贤，有时我也会动心。但我从自己的经验得到一个标准，那就是如果做了这事，不会失眠，不会做噩梦，那么才去做。有人说你这标准也太低了。我也这么看，是低了一点。我之所以还觉得这个标准行之有效，一是对自己有个认识——自己是个愿意努力做得更好一点同时也是有着许多弱点的人；二是对这个社会有个认识——这是一个正在努力更进步一点同时也有许多罪恶诱惑的现实世界，所以不要做让自己会做噩梦的事。这只是个自律标准，不是人生动力，动力是激活人生的奋斗目标。但它确实是人生不可或缺的制动阀，人生如高速运行的汽车，没有制动阀后果会如何？这两年，“自律”这个词出现得多起来。自律就是自己给自己的人生安上一个制动阀。老百姓说得透彻：不做亏心事，不怕鬼叫门。鬼叫门就是做噩梦！

自己不做会让自己做噩梦的事，并不等于没有噩梦。对于刚进小学的儿子来讲，半夜梦里也在举手，这梦境对于一个六岁半的孩子，也真是过于沉重了。我有过类似的体验。我常常做两个相似的梦：一个是考试，总是看不清黑板或卷子上的试题。二是毕业分配，总是分到一个陌生的地方。我在学校不是一个坏学生，但这种让人心怵的梦，竟然在我年过四十以后还常出现，可见人的青年时代并不都是轻松的流行曲。这两个梦境印痕如此深刻，它告诉我，青春的深层恐惧是：被人支配和无法自主。

如果人生与噩梦相伴，这是人生的悲哀。梦想，这是人与生俱来的权利，人一生的奋斗，简而言之，可以说是为了实现自己的梦想，美梦成真也就是人生最大的快乐了。我写了二十多年的诗，如果与梦联系起来，实际上，每一首诗都是我一个白日梦。真正的梦无法言说，所以它让我进入，又不给我记忆。白日梦依赖语言，它被称为诗，一旦你进入其中时，你只能意会，而无法言说。如果你读我的诗有这种体会，那么你证明了我的创造，谢谢。

儿子在举手回答问题时，除了表现自己是个认真聪明的好孩子，还有很功利的目标：多得小红花。得上三朵小红花，又可换一个苹果。这个苹果是纸剪的，但它是儿子当上小学生后的第一个梦想……

小儿画

过年，是儿子掌权的日子，掌权布置家。儿子的生日好，正月十五，今年的正月十五，他八岁。八岁就是大孩子了，大孩子第一次掌权，特别认真。买了对联，买了窗花，买了财神爷，不止一个，仨，买了纸灯笼，还买回来十张“福”字。十张“福”字用得完吗？当外公的陪儿子去采购，一回家，外公就大声赞叹：“田田不得了，会讲价钱了呢！那小贩卖一元一张‘福’字，田田说：九元钱买十张，这就买回来了！”

家里真的喜气洋洋。大门上红对联，再加个特大号的“福”字。

屋里只要是门就贴上“福”字，墙上还站着几个“财神”。中式的虎和卡通式的虎贴在衣柜上，大红灯笼吊在过厅里。谁从过厅过，红灯笼都要碰一下头。

小儿的这些过年道具，都是从街头小贩那儿买回来的。儿子汇报说：“很划算，比商场里的东西便宜多了，不买真傻帽了！”满屋子的喜气，满眼睛都是俗红，金光闪闪中的红。除了“福”字，在这些画儿上，还有以下的标语口号：招财进宝、恭喜发财、虎年大吉、财神到、展鸿图马到成功、创大业旗开得胜……“儿子，你这不是把咱家变成个地主家了吗？”“不对，扣十分，这是个农民企业家的家！”好吧，过年就是回家嘛，我们全家就在这农民企业家的家里过这个年。

在变成农民企业家之家的家里，在农民企业家带来的喜气里，有一排儿子自己的“年货”，他放寒假后画的六幅水彩画。这六幅画在A3号打印纸上的水彩画，一幅挨着一幅，在过厅里排满一面墙。儿子从小爱画画，最早爱画飞机，而且专画直升飞机，那时三岁，三岁画的直升飞机在整个院子里都有了名气，于是全院的人都喊他“叶直飞”，这个名字也是儿子自己取的。后来不画直升飞机了，但总有新东西画。我们夫妇不认为他爱画就会当画家，也没送他上什么绘画班。我知道他是在画心情，高兴了才画，画好了就高兴，就这么一回事情。这次贴在墙上的水彩画，是他的新作。以前都是用的油画棒、彩色笔作画，这次是“快八岁”的大孩子了，妈妈给买了“大人”用的水彩、水彩笔和画盘。这让儿子兴奋地完成了这六幅作品，全是照着世界名作涂抹出来的：圣诞树、果盘静物、阿拉伯的街道、秋天的树、花和花瓶、高山上的太阳——叶田田新作展。

真是奇迹。如果不是贴满了这些俗红的吉祥物，如果没有满屋子的恭喜发财和春节联欢标语口号，儿子的画，也许会是另外一个效果。太乱？太幼稚？反正不会像现在这么有活力、这么生动，让家仍然是我们的家，而财神爷们呆呆地看着我们怎么这样快乐！

小儿画，最美是小儿在画快乐。

春节的快乐已经过去了，但儿子的快乐还弥漫于这个家。那些颠来倒去四处贴满的“福”字、那些呆头呆脑却面慈笑善的财神，还和我一起欣赏着小儿的这一排水彩画。那些鲜活的颜色说快乐，那些稚拙的笔画说快乐。当然，这快乐不是每个人能分享的，它是小儿画，小儿不是画家，小儿画的是快乐，这快乐只给自己的家。

读小儿画，出现儿子画画的神态，专注，抿着嘴，脸上抿出个小酒窝。读小儿画，那是一种氛围，如月光，如音乐。月光太凉，音乐太文，小儿画说，这是我的家，我爱我的家……

1998 年 2 月整理

曹坪庄人物素描

前年，回了一趟陕北，那些曾和我一起生活过的乡亲，一下子都栩栩如生地浮现在我眼前，整日勾魂似的缠住我，不得不提笔。写之前，定了定神，要求自己两条：一是写最难忘的那一点儿，二是少用形容词。

——题记

冯树生父子

每天从曹坪的羊圈都会走出一群羊，头羊是儿子，尾羊是老子，他们父子俩，是这群羊中披着羊皮的人。

冬天一人披一件老羊皮袄，夏天一人披一件小羊皮褂。儿的腿灵便，走在头里，爹的腿得了老寒病，拖在后头，一群羊夹在中间，像一片孤云，飘动在庄子四周的黄土峁上，静静地，悠悠地。如果你习惯了这幅风景，你会忘了世界上还有冯家父子，如果你一肚皮的美学哲学玄学，那么你会大声赞叹：“啊，多么人性的风情，多么自然的人生！天地人浑然一体，物我相融，荣辱皆忘，当代的庄周，中国的凡·高……”特别是这两位拦羊的有一绝招，不唱不哼。什么信天游，什么揽工调，什么语录歌，统统地听不见。哪头羊要玩什么“越轨”行为，拦羊的也不吆喝，把羊铲朝地上一戳，挑起一疙瘩土，扑地掷去，砸在那羊的头上，一切都安静而有秩序。

我曾经认为，如果这个世界上还有安于贫苦、无欲无怨的人，恐怕只能在这父子俩中选出一个来。人们对于“日出而作、日落而息”的父子俩还有什么不放心的呢？实在是找不出什么毛病。按照越穷越革命的推论和重在表现的辩证，他俩完全做到了不怕苦不怕脏不怕穷，完完全全地像羊一样地驯良。如果说一定要找一点什么缺陷来的话，那是实在只能找点查无实据的感觉：当儿子的，那张永远不说的嘴边挂着一个说不出的笑纹。

二十年后，这双眼睛和这个笑纹，揭开了一个可能永远是谜的人性。二十年后，冯树生父子成了这道沟的首富，小煤窑的老板！

当儿子的在井口上，坐在卷扬机跟前。戴了副眼镜，眼睛在一张布满煤灰的脸上，依然很亮：“别信他们说的，哪有那么多票子？开一家煤窑光投资就要投进几万，挣几年才挣得回来嘛！”

当老子的在炕头上，真的坐在钱匣子跟前，那笑纹越加狡黠：“人活一世，谁不想个好吃喝？咱父子俩成年价在山峁上转，还不知道哪道沟里出炭？知道也不说，我就不信我冯家一辈子只配跟着羊屁股转！”

一切都明白了，只是有一点不明白：“老冯，你父子俩拦羊怎么老实得连曲儿也不哼一个？”

“这有啥奇怪的？我们爷儿俩天生的沙哑嗓子，说话都费劲，哪还能唱哟！”

我才发现，他真的说话很费劲，脖子根都冒青筋。

那些年，我怎么没看到这根青筋呢？

曹明婆姨

她叫陈淑兰，因为嫁给曹明，所以她变成曹明婆姨。

曹明婆姨是四川人，曹明当过兵，当兵当成当官的，就在驻地四川娶了个如花似玉的陈淑兰，后来当官的“犯了错误”回到沟里，陈淑兰也就当了农民曹明的婆姨。

曹明虽然当了农民，但做过军医的曹明只是脱掉了皮鞋仍然行医，有个官方的名称“赤脚医生”。曹赤脚和其他的赤脚医生不一样，他是医生打了赤脚，其他的是赤脚扮成医生。这个差别病人心里最清楚，所以曹赤脚也无须为赤脚发愁，每天都有病家牵着毛驴来请，驴儿驮着曹明一直驮到病家炕头的酒桌旁。

于是曹明婆姨成了家里“一把手”，“一把手”除了婆姨们炕头和灶头伺候男人的营生外，还要充当男人的很多角色：下地，开会，分粮分谷……一个女人家，风风火火，大声笑高声骂，再加上能背能扛，于是便早早地成了这道沟的名人。

在男人眼睛里，名人是让人眼馋的。

在女人眼睛里，名人是眼中的沙子。

她坏了规矩，弄得自己太贱了。“贱得很！”常从那些红唇白牙里挤出来。这个贱字，和外面人理解的贱不一样，外头人说“贱”，太注重性的方面，而沟里女人说的贱，是指与价格有关的方面。贱者之一，不问价钱，自己跟着男人跑来，丢了身价。贱者之二，这里的女人，出嫁前还下地干活，出嫁后成了“屋里人”，专心主内，不再出工下地，唯有曹明婆姨里里外外都在逞能，失了身份。在曹坪当知青的时候，我实在佩服这个女人不畏惧舆论的能耐，她好像成了根老牛筋，在几十张嘴里被无数牙齿咀嚼了一天又一天，依旧故我。

我离开曹坪后，二十年来，这个曹明婆姨三次让我吃惊。

打倒“四人帮”的鞭炮声刚停下不久（这时我已在四川），有人敲门，门外站着曹明：“你嫂子让我来申诉平反……”

1983年，我回延安，在公社所在地遇见了她。“回家坐！”“你现在……”“挂了个副主任，管谁也不管的计划生育……”

去年回延安，曹坪的乡亲们拉家常，说起曹明婆姨，没有一个不夸她：“那婆姨可给咱庄长脸啦……”

见到她，我想起一位女明星的话，说当女人难之类的意思。我问曹明婆姨有没有这种同感，她愣了一下，笑了：“我就想，女人也是人，就觉得活得很有味儿了。”

看来，把自己看成一个人，对于不算人的“××婆姨”与“××巨星”同样是一个认识上的进步。

老实人

有些人只是活在你的眼前，或者说在你眼皮前面活动，像一只大花蝴蝶，或者像一只绿头苍蝇。从你眼前消失了，你便把这个活人忘掉了，十分愉快地，十分惬意地；幸好有这种遗忘，才让我们逃出一个又一个假面舞会，长长地嘘一口气。

他不同。

他与我在一个窑洞里住了将近一年，在一锅汤里搅勺子也将近一年。他叫栗树昌，是我插队时的房东，我叫他干大——干爹的陕北叫法。但我确实记不起他什么动人的事迹。我和他共同生活的唯一原因是，他是我干妈的男人。

他活在你面前的时候，你几乎可以忘掉他的存在，他存在的方式是尽可能地让你感受不到他活着对你有什么妨碍。在我记忆中，他没说过两句以上的话。“同意”“不同意”“不知道”之外还说过什么？我想不起来了。他最生动的表情只有一个，扭头一笑，接着用指节拭着眼角里的眼屎。他不傻，但却很憨。傻是神经有缺陷，憨是心灵有缺陷。说实在的，自从有了与他共同生活的经历以后，我再也不把憨厚当作美德看待了。

村里的人早忘了他的名字，都大呼小叫地唤他“老实人”。大家选他当仓库保管员，因为相信他绝不会多拿一颗豆子回家，他厚道并且比厚道更重要的是胆小。大家都让他当饲养员，除了放心他会善待牲口之外，每当干部在饲养室的炕头上召开会议，在灯油熬干之前，他的鼾声会不时地打断那些很激昂很无用的发言，这一点也许是他当选的重要理由。

全村的人都赞美他的老实厚道，连我那泼辣的干妈也夸他：“延滨，别嫌弃你大叔，他心眼净着呢！”

我大概是唯一不喜欢他的人。

因为我害怕独自和他在一起。如果干妈外出了，你想象一下，黑沉沉的土窑里，你和一个影子在一起，无论你说什么，没有回答，只有烟袋上的火星一闪一闪。有时我俩到自留地干活，我感到拉犁的牛、驮粪的驴都比他更容易交流，牛累了会停下不动，驴困了会尥蹶子，而他，我连一声叹气都听不到。

最后我搬出干妈家，尽管干妈眼泪鼻涕抹了我一身，我还是硬着心肠走了。干妈说了：“年轻娃爱光，怕黑洞洞的坟！”这句话，我曾写进诗里，尽管我很感激干妈对我的照料，但与“老实人”无法相处是我下决心搬出的原因之一。

二十年过去了，我才发现他那十分沉重甚至可怕的沉默，那种几乎纯净到百分之百的逆来顺受的农民生存方式，无论是美德还是劣根性，都是沉甸甸的。

他像一个尾随我二十年的影子，不准我忘掉他。

我仿佛听见他沉重的喘气声，但我不敢扭过头去。

水　萍

在这道拐沟里，水比油还金贵，她却起了这么个江南味的名字，准是我哥哥的杰作。我哥哥自从知道自己是老八路送给曹家的以后，总对自己生身父母所在的四川充满了种种水汪汪的遐想，因此，小妹出世，他这个读中学的秀才，就起了这么个水分很多的名字。

我第一次听见这个名字，觉得很奇怪。在那又黄又秃的山峁峁间，你听那陕北特有的唤声：“水萍！萍儿！”会仰起脖子望望天，是不是哪块云带着雨了？头一次见到水萍，是“文革”刚开始，我串联到了延安，也串到了这个小山村来看亲戚。晴日天，刀子风在门外学着造反派喊口号闹游行，全家人聚在窑洞里，跎蹴在炕上。水萍才五岁，不声不响，抱着一只肥溜溜的大黄猫。水萍的脸蛋红扑扑的，像画片上的小姑娘，在满窑洞穿黑棉袄的人当中，只有她穿着花袄，给我一种格外温馨的“家”的感受。

城里人是不大有“家”的体验的，城里人只有街道和门牌号码。街道是公共的，甚至是历史的，比如说长安街就很政治化，比方说城隍庙就很具有历史性。属于城里人的只有门牌号。数字很抽象，比方说这一串数字 109385675416，你知道是什么？我说他代表叶延滨，男性，住址，以及其他种种。你肯定不信。然而我们每个人的身份证不都有类似的一串数字吗？这是城里人的现代印戳，不知是悲是喜，所以城里人没有“家”的体验。城里人一开口就是：“寒舍在二马路三条巷 105 号。”现在更简单：“给我打电话吧，我家电话 660864！”

而“家”在乡下是最具体的，除了人和屋以外，还有鸡猪猫狗。鸡和猪与庄稼是一类，为获利而养，猫和狗就属于家庭成员了。有了这一切，就有了家，随之而来的就有了家乡、家园、家族以至国家了。水萍给我最深的印象就是这个小特写：抱着大黄猫，偎在炕头上的一个小姑娘。

我第二次见水萍，她已背着书包去上学了。小姑娘在坡坡坎坎的山路上独自一人走着，让人望着就产生一种怜爱之情。听大人说，水萍一直不愿上学，舍不得离开那只大黄猫，后来实在没法了，当爹的用一条黑布口袋把猫丢到十多里外的荒坡上。没有伙伴了，水萍在家待不住了，也才上学去了。

我觉得这似乎隐喻着她命运中的什么。

二十年后的秋天，我又成了水萍家的客人。一排新石窑，埝畔上拴着一条良种狗，守着一个殷实的庄户人家。男人很忠厚，三个孩子，两个已经上学了，老三还只会爬，水萍忙着给我们擀杂面条时，把三娃就放在炕上，孩子的腰上系一根布带子，布带子又捆在一块大青砖上。

家里没养猫。

三十多岁的水萍，已经显得那么苍老了，她像所有的农村妇女一样，人生只有两个阶段：生活得比较轻松又充满幻想的女儿，生活得十分艰苦永远为他人忧虑的母亲。当了母亲的水萍对生活中的一切都以十分传统的母性的态度去对待，在灶火映照下，那一张早早布满皱纹和色斑的脸，让我感到“家”的沉重。

水萍的石窑就砌在她娘家土窑的下面。水萍爹去世了，那个曾经温馨过的窑洞，只有一个七十岁的老母亲苦守着老人自己的孤独。老人和女儿、女婿一道吃饭，但老人不搬进女儿的家，因为那是女婿的家，不能让女婿背上“倒插门”的名声。所以，那条只有三四丈长的坡路上，每天三次地录下一个年迈妇人的喘息声。

嫁出的女儿，泼出的水，哪怕就泼在眼皮底下。

陪着老太太的只有一只猫。

也是黄的。

刘 叔

他属于那种很容易让人接近、很容易让人记住，也很容易让人讨厌的人。

因为那张嘴，他第一次让我想起阿Q，第二次让我想起那些装逃兵和叛徒的演员。在这个村子里他的辈分高然而地位低，我们叫他“刘叔”。

那张嘴好吃。如果他兜里多几个钱，再有个体面的地位，他就是美食家了。偏偏他穷得叮当响，于是好吃就变成一条恶习。

那张嘴好吹。如果他是高干宣传部部长，那些乱飞的唾沫星子无论飞到哪里，都是雄辩家的证明。偏偏他是个每一个当“长”的都可以领导的农民，所以他的口才便多余了。

他不服气，这两条特长是他光荣革命历史的见证。

刘叔说：“我给林彪当过炊事员，红案掌勺，天天大肉炖粉条，哪能不供出一个好吃的嘴。要知道，首长的菜，我都亲自尝过的！”

吹牛！我们这么笑他。

刘叔急了：“我要不是当了逃兵，早就是坐小车的官儿了。地委军分区的曹副政委做证，当初部队离开陕北去解放全中国，我俩离不得老婆孩子，一齐跑回家。我脑瓜灵，溜掉了，他笨，半路被抓回去了。嗨，抓回去的事隔几年变成大官了，就怪我太灵活太利落……”

那个曹副政委我们都见过，的确是这个庄的光荣，那光荣人家的牌子还挂在他老婆的窑洞前。只是曹副政委后来又有了老婆，庄里的老婆孩子还照样光荣就是了。

有名有姓有鼻子有眼，谁也不敢说刘叔是吹牛。但一提就是林彪，一说就是副政委，谁也不敢信他的话。

听刘叔吹牛听惯了，我经常自己瞎琢磨。我想，也许这世上真有“命”这个东西，刘叔是“命”不好。如果说他被抓逃兵的抓回去了，凭他那口才肯定能挣个“认识深刻”，当上局长、部长或者书记什么的，每天鸡鸭鱼肉吃个够，到死也犯不了错误（刘叔从不说女人之类的事，看来不会有作风问题；刘叔也没有什么野心，看来也不会犯路线错误），最后闹个血管硬化高血压，讣告上绝对不会说是因为“贪食”致死的。

可惜呀，就那么快了一步，没让人抓住。

每次想到刘叔，我都在这个感叹句上结束。

狗 娃

狗娃是个人，是个男人，是个娶了老婆的大男人。

狗娃是郭万顺的独生儿子，为了好养活，取了个贱名，家里人这么喊，庄上人这么喊，来了七八个知青也这么喊。没有人知道他户籍本上的名号，因为狗娃结了婚也没有和老子分家，所以连队长和会计都无须用他的名字，分派任务和分配粮食，用的是他爹的名字。

狗娃一直没有儿子。

这对于一个男人来说，无疑是件很提不起精神的事情，但狗娃不太注意这个现实，他依旧活得开心而又畅快，特别是村里来了知识青年以后，他脸上的笑容就没有凋谢过。狗娃喜欢帮人的忙，知识青年很快就以伯乐的目光发现了他的这个长处，狗娃长狗娃短，狗娃也就颠颠地给洋学生们出力。狗娃喜欢逞能，碰上一群什么农活也不会的城里来的后生女子，狗娃一下地就朝知识青年的跟前凑，干活飞也似的玩命，然后一屁股坐下来，点燃烟，冲那些累得像龟孙的嫩肉细皮们一阵嘻嘻。

狗娃活得十分知足。

乡亲们说狗娃缺个心眼，用我们今天的观点，就是智商不高。他身体健康能吃能睡能干活，会哭会笑会说话，知冷知热知好孬——绝对不算残疾人。然而他智商不高，不懂老辈人传下的礼数，不会看人们脸上的成色，听不出话后面没说出的那些话，看不见人们装在肚皮里的那副下水。比方说，狗娃的老婆就长得不美，独眼，瞎的那只还翻着一个疤，罗圈腿，腰如桶般粗。然而，狗娃从来不嫌弃这女人，全村几乎家家都有两口子打架的事，唯独狗娃家没传出这类动静，原因是狗娃不懂打老婆而狗娃老婆又很明白打不过狗娃。这个例子还上了夜校，支书说："两霸争夺世界，总有一天要打起来，除非他们变成狗娃两口子：一个脸上少颗眼，一个心里少根弦，那时天下才可能太平。"

狗娃听见这话时还嘿嘿地笑。

知青们很为狗娃难受，他们真诚地对这个善良的好人进行启蒙教育。"狗娃你对你自己满意吗？""咋都一样！""你不想过得更好些吗？""这就挺好！""我们教你识字，行不行？""识字有啥用，你们识那么多字，还不就和咱一样吗？"几位妄图奉劝愚公的智叟哑了，我当时说了一句话："狗娃准是愚公的后代，如果愚公的子子孙孙还有最后一个挖山的人，那就是狗娃。"

大家公认，狗娃就这么活着挺好。

如果狗娃知道自己没有儿子，犯了断子绝孙的这条规矩；如果狗娃觉出自己的老婆很丑，于是每天痛打这个丑女人；如果狗娃读了书知道世界很大，于是每天沉痛地幻想走出这个山沟；如果狗娃想读书想挣大钱再天天想一个够不着的林妹妹……不是苦死了吗？幸亏他缺个心眼，才能够在贫困与愚昧包围中，笑得那么坦荡！

二十年后，狗娃怎样了？

狗娃没变。

全村唯一一户没盖新窑的是狗娃。他的胡须有的都白了，还是那个模样，龇牙一笑，让人觉得他那么真心地喜欢你。他的父亲去世了，守着他的还是那个独眼女人。一切都没变化，只是埝畔上的梨树粗了一圈。见我在望梨树，他便上前抱住树干拼命地摇："吃梨！吃梨！"那些梨就这么在阳光下变得金灿灿的，砸出我满脸泪花。

狗娃一辈子就这么快快活活地过来了，为什么我心里却总有一股又苦又涩的滋味呢?

我从心里喜欢他，真的。

守科大叔

他的简历用文字表述如下：1935 年加入中国共产党，祖籍横山，逃荒到延安，并积极投身边区革命和生产。在解放战争时期，又收养了调往东北野战军的我党工作人员的一个孩子，并将其抚养成人……

这无疑是一段十分光彩的文字，而且我可以担保这段文字"基本属实"。

然而，在"基本属实"之外，只是一个弓着腰的老汉，他叫曹守科。因为还是农民，所以我记得他每月只交一角钱党费。他的弟弟和妹妹，走出了这道沟，以后都是厅局级干部。因为弟弟妹妹当了公家人，家里缺劳动力，所以他就雇了几个揽工的，土改时被划作了"上中农"，于是这位老党员从革命的依靠对象变作了革命的团结对象，这是后话。至于他收养的孩子，就是我的亲哥哥，只改了姓，叫曹延光。上面这一段再次说明他的简历"基本属实"。然而，在"基本属实"之外，他确无多少光彩动人之处。一个弓腰老汉，瘦长的脸上几根山羊胡子，不扎头巾，戴一顶油腻的蓝布帽子，喜欢到公社集镇上去卖鸡蛋。“大叔，上哪达去？”“到李渠街上串串！”

我印象最深的一件事，就是与“基本属实”有关的。

1970年夏，从京城来了两个外调的，说是一个局级干部“假党员”问题要弄清。那个局级干部坚持说他的介绍人是曹守科，于是这两位就这么火车、汽车、驴车地转进了这条沟。

一连三天，老汉只一句话：“记不得了！”

害得那两位外调，在饲养员睡的大炕上喂了三晚上的跳蚤。

病急乱投医，外调同志给我递上了烟：“延滨，你帮咱去问问大叔，那位老同志也有个儿子跟你差不多！”

“黑帮崽子”心疼“黑帮崽子”，冲那个跟我差不多年龄的儿子，我为那个当老子的求情。

大叔正在炕脚下捆烟叶，肥大的好叶子铺在外面，又黑又小的孬烟叶裹在里头，含一口水，噗地喷上去，然后才答我的话：“娃，你管球他那闲事干啥？”“你介绍没介绍他入党？”“介绍了！那阵子入党跟现在凑份子送礼一样容易，说得投机了，开个会，行了！”“那为啥你不记得了？”“记他娘个球！几十年了，他小子不记得我曹守科，如今倒了霉了，倒想起我曹守科了，没良心的，让他一边待着吧！”说完咕噜咕噜又是往旱烟上喷水！

说啥也不行，“再受罪也是在城里洋房里乘凉吃精米白面！我老曹这么几十年都过来了，他小子才受几天苦？”

我急了：“人家老婆孩子跟着受罪，你不觉得亏得慌？人家孩子有什么错？也当狗崽子！你真是自己没养儿……”我一急，说出了不该说的话。

幸亏我那在公社当兽医的哥哥不在家，否则准与我干架！

我一摔门，走了。

大约一袋烟的工夫，大叔弓着腰，背着一捆老旱烟赶集去了，远远地冲我喊：“你就给那两人打个证明吧，这是图章。”他把图章放在埝畔的青石板上，走了。

我按大叔的口气，写了一个几十字的条子，然后按上曹守科的牛角儿印。

那两位外调，欢天喜地找到了会计，戳上一个生产大队革委会的公章，上面写了四个字：“基本属实。”

曹支书

前年回延安，车一进沟，迎面见到的第一个人就是曹支书。我跳下北京吉普，迎上去：“曹书记，赶集呀？”他一抬眼，木然地：“哦，是你回来了，好，好！”一扬手，他赶的那头驴紧走几步，他淡淡一笑，勾着身子跟着驴走了。看得出，他很落魄，大概也因此老得很快。

当年的曹支书可不是这样的。

三十多岁的英俊汉子，好身板，好模样，更有一副好嗓子。在我所有对陕北的记忆中，最美好的一幅画面，就有曹支书。三月柳树泛青，朗朗的蓝天，暖暖的太阳，把整个的黄土坡挑逗得又酥又软，散发出一种土地渴望做母亲特有的芬芳气息。这里，高峁上几头牛，拉出一排犁，翻出一道道新鲜潮湿的泥浪，在那些高高扬起的鞭梢上，飞动的是犁地汉子们火辣辣赤裸裸的情歌。在这些地道的“民族唱法”擂台赛中，夺头魁的就是曹支书。

在这个村里当支书靠资格是不行的，小小的曹坪二十多户人家，1935 年土地革命战争时期入党的老资格就有五个，因为爬不上梁，挑不动担，只有整天坐在炕头上打盹，所以曹支书才凭着他那身材那模样那嗓子和那一套农活的绝技，当了这二十来户人的第一把手。

第一把手会唱那么多的信天游，又有那么多的长处，自然而然会有那么多的目光注视着他。和我的目光热度与辣度均不同的是一个 17 岁女子的目光，那女子叫模子。模子的名字怪，说是她娘 15 岁那年被从安塞卖到这庄当媳妇，16 岁那年，正在用木模子做月饼，灶头上生下了她。模子 17 岁，娘才 30 岁刚出头，难怪说“早生子早得福”。模子长得条条的、俊俊的，只是人们都说她性子野，一听见曹支书的信天游，那魂儿也就被勾得出了窍。

有人说看见了，有人说早就去过城里的医院了，有的说……反正有两个人不说，天就塌不下来。一是模子娘不说，模子娘是这么说的：“养女儿谁家往老里养？十七八岁不出手？ 谁买得起？模子爷爷当年给模子爹买下我，还不是我才 15 岁，少算两年饭钱。”二是支书的婆姨不说，她心里有数，那女子迟早要卖出庄的，何必呢！

后来，模子出嫁了。我那时很吃惊，第一次知道女人在这块土地上是商品，是和骡子一样的饲养着等候出售的“大件”。

我想愤怒一下，可是模子她不愤怒，川道上的光景好，婆家的家底厚实，她高高兴兴地坐着毛驴走了。

我想愤怒一下，可是曹支书不愤怒，他喜眉笑眼喝了模子家定亲的酒，支书嘛，这样场合少不了的。他一如既往唱他的信天游，还是那么高亢热烈，让人着迷。

我不太相信那些缠绵的爱情故事了，我发现读书人笔下的东西过于自作多情了。在这块土地上，活着多不容易，太多情善感的人怕是打熬不过那些十分粗糙的人生浮沉。

自从模子走后，我开始猜不透曹支书了。

1992 年 6—7 月

知青故事

坐骨神经痛

朱丽天生一副瓷娃娃脸，白瓷胎一样白净的脸上，嵌着圆圆的小眼睛、圆圆的小嘴，而鼻子也好像是陶瓷匠从眼和嘴里掏出的白瓷泥舍不得丢掉，揉成小圆球贴在眼睛和嘴之间。一进庄她就得了个绰号：瓷人。

这里的是另外一种人，是用黄泥捏出来的，老老姑奶奶女娲当年造人的时候，就地取材，这茫茫无边的黄土高原尽是黄土，只好将就使唤，合了一句成语：土生土长。

老汉和老婆们瞅朱丽时，翻着红眼睑的老泪眼总是眯成一条缝，像是怕耀着；汉子们痴痴地看一阵认定这号白生生的皮肉是个摆设，经不起揉搓，又定要费不少香胰子；婆姨们羡慕死了，叽里呱啦地凑上去夸这女子的好肤色，摸一把，腻腻的滑；后生家中有胆大的，装傻般凑过鼻子：“朱丽，这是啥味？”这时朱丽竟一笑：“擦的乳液，好闻吗？”仰起下巴把脸递过去，那些十五六岁的后生们到底吃不住这劲头，缩起脖子嘿嘿一声，跑了。

知青到庄上热闹了几天，地里消冻了，开春上山干活的时候来了。

瓷器揽上了金刚钻的活，这世事是有些颠三倒四的。

朱丽干什么活都不行！“慢慢就会习惯的。”队长放话了。其他知青都习惯了这些受苦人的营生，朱丽还是总请病假！“慢慢会熬煎出来的。”队长不着急。后来朱丽干脆躺在炕头上不动窝了……

地头歇气，老牛反刍，汉子们从腰上搜出烟袋，婆姨们提着篮子去拣苦菜，知青把棉袄往犁沟里一扔躺下睡闲觉。

队长一屁股坐在知青组长小魏脑袋边，敞开黑袄，让太阳晒着捂了一冬的肚皮，十根指头伸进缅裆裤里捉虱子，掐得啪啪响。

“咋样？昨儿个我给朱丽讲《朝阳沟》的故事，这女子听进去没有？”

“哭了！”

“哭了好，哭了好，娃也遭罪，细皮嫩肉的。咋今天还没出工？”

“腰疼！”

“娃娃家哪来的腰？累了，要动弹动弹筋骨。”

“腿动不了！”

“嗨，我这老寒腿都……”

“实话告诉你吧，朱丽……朱丽屁股疼，医学上讲是坐骨神经痛，上连腰，下连腿，一句话，不能干活！真他妈缺了八辈子的德，看别人爹妈当了黑帮，硬叫人家下来，将来那‘知青办’的老妈子养下个儿准他娘的没屁眼！”

队长把沾满虱子血的大拇指在黑黄黑黄的门牙上蹭了蹭：“这坐骨痛是个啥怪病，莫不是像婆姨的月子痨吧？唉，黄毛丫头，闹下这病，将来能养娃吗？喂，小魏，她还能干啥？”

“看书，写字，弹弹钢琴，也可以喂喂猫什么的，你老看着办吧！”

小魏用棉衣把头一蒙，不理队长。过了一小会儿，小魏觉得鼻子跟前那股夹着旱烟的辛辣的汗腥味儿消散了……

好些日子再没有人催朱丽出工，婆姨们一提到朱丽都神秘地眨着眼皮，凑近耳根，哧地笑一下。这种神态，男人们懂，于是再没有后生去跟朱丽拉话。

这天黄昏，队长从公社开会回来，赶回两头猪。

说猪，实在是抬举这两个畜牲了，比猫大不了多少，比狗还瘦一半，不黑不黄的皮上几根稀疏的毛，像刀背似的脊梁上蹭出一片白花花的癞壳渣，四条麻秆似的腿撑着一根脊骨，脊骨下挂着一串奶头。两只一样的丑陋，简直分不出有什么区别——下汤锅也没人要的货，老得没牙的母猪。

“队长，你从哪个窑子里找来这两个妞？！”

“队长，这两个小妈是你哪门亲家？”

“当心，别叫你家那条公狗把它们压趴下了！”

队长对这些嘲骂甩回一句：“想媳妇的味儿啦？龟孙们看见老母猪也当个貂蝉！今晚饲养室开会，不来的扣工分！”

在马尿驴粪羊臊味弥漫的土窑洞里，挥动完红宝书，敬祝了老人家万寿无疆和副统帅永远健康之后，队长宣读了公社革委会《关于办好集体猪场禁止私人喂猪彻底割资本主义尾巴掀起学大寨新高潮》的文件。

社员们终于再一次叹服队长的英明。只要有了母猪，就意味着办起了猪场，就有发展的可能，这是其一。要买母猪当然要买最便宜的母猪，这两头母猪每头五元，这是其二。这两头母猪虽然不会生崽，但又老又弱食量很少，可节约饲料，这是其三。让朱丽当饲养员可以节省一个劳力，而且每天只评四分工，这是其四。

大家一下子觉得这两头母猪太可爱了。当晚会计就写好了给公社的汇报材料——《狠抓路线斗争的纲让知识青年在大办猪场的风口浪尖上施展才干》。

知青集体户的猪圈本来就空着，把两头猪往里一关，贾庄猪场就成立了。朱丽高兴坏了，不知从哪个旮旯里找来一块语录牌，贴上张纸，写上“贾庄红卫猪场”挂了起来。

这牌只挂了一天，因为知青户的淘气鬼“马桶”当天晚上把牌上的字改了，改成“敬老院”，民兵连长气汹汹地站在埝畔上嚷：“这是阶级斗争新动向！谁干的？！对最高指示什么态度？”吓得朱丽把家里刚邮来的北京果脯摆了一炕，才了结这桩阶级斗争。

朱丽找到个好工作。

“还活着？”

“活着……”

“癞疮见轻了？”

“我上药哩……”

“好好喂着，别叫死了。”

每天人们下工回来，都这么向朱丽打招呼，白瓷娃娃般的朱丽用感激的眼光回答人们的笑脸。

朱丽成了庄里不可缺少的角色了，这两头老畜生也真神了，经她一侍候，几个月过去依然活着。有线广播匣子里公社书记表扬坚持办猪场的队，朱丽也被夸了一通，而且是知青，又是女的！

社员们慢慢认定：坐骨神经痛不是月子痨，朱丽还是黄花闺女，人家知书达理的，哪能……

在山上干活的人们歇气的时候，添了一项景致——看朱丽放猪。她总把两只猪赶到太阳照得着的地方让它们晒太阳，自己则坐在埝畔上看书。猪们尿了、屙了，她颠颠地拿个小铲把屎尿铲干净。

“大爷，让朱丽给你当儿媳妇吧，你看她这‘敬老院’院长当得多快活，将来你老两口……” “马桶”这小子够损了！

“马桶！你小子知道个啥？这叫苏武牧羊，朱丽牧猪，卧薪尝胆。”知青组长“眼镜”文绉绉地说。

说起苏武牧羊，勾起这帮小文人的乡愁，在灰黄的傍晚唱起据说是从劳教农场“宁夏十三师”流传来的小曲儿：“我的心上人，你可记得这个囚窗，多么凄凉……”

在这悲凉的歌声中，坐在两条瘦狗似的母猪旁的朱丽，在知青眼中显得那么圣洁、宁静。

“黑格尔！回来！黑格尔！”朱丽尖声叫着，这是她给一头母猪取的绰号。它跑远了，朱丽追了上去。另一头脑壳上的毛快掉光了，要老实得多。

就这么过了一年。

冬闲到了，朱丽回北京探家去了，再也没有回来，据说她转到她表哥的农场去了。

第一场雪后，两只老母猪冻死在圈里。

队长也再没有去买猪，公社已经不提办猪场的事了，最新的指示精神是修梯田。

过了好久，人们都在叨念朱丽：“这女子真俊，那面皮儿像瓷胎似的白。”“还给咱队办过一个猪场嘞！”

朱丽一年挣了六百工分，扣去口粮钱，还有十元七分，她没来领，一直挂在会计的账本上。

还有句话挂在庄里后生的嘴上：“咋样？你媳妇没出工？得坐骨神经痛了吧……”

“马桶”与“饭桶”

他俩是知青集体户担来的一担“桶”。

知青副组长孙志敏原来是校革委会保卫组的头头，所以插队时拍了胸膛把这两个在京城里蹲过局子的角儿带来了。“马桶”，学名马德林，是老初二的，干掏兜的活儿，小痞子们称“佛爷”。“饭桶”，学名范加军，是老初三的，打群架关了仨月，打掉两颗门牙换上不锈钢的，标志很显著。

进村不到半个月，民兵连长贾钦平把二位召去了，说是个别谈话。

“他俩又犯事了？”

“没有，打打预防针。”贾连长二十来岁，一身国防绿，煞是精神。

知青户吃过了晚饭，掌灯，读书的读书，写家信的写家信，两只“桶”还没回来，孙志敏怕出什么事，到前湾连长家去看动静。

站在连长石窑的垴畔上，听见一阵嬉笑，孙志敏蹭到窑前，从门缝往里望——

板凳上放一脸盆，大半盆滚水腾着热气，“马桶”把两片薄薄的肥皂丢进开水盆里，伸出食指和中指让贾连长看。

“哥们儿，第一步要练得这食指和中指一样齐，这要戳上几个月的功夫，掏包全在两根指尖上的劲。第二步就是在开水中夹肥皂，这绝活得用几层皮去换！”说完，“马桶”的两根指头如鸡啄米似的，飞快地交替把两片肥皂夹起丢下，如两尾鱼在水里扑腾。

贾连长叼在嘴上的烟烫着了嘴皮，“呸！”他赶紧吐出烟蒂：“刚才范兄弟的天桥神跤，一副好脚！又看到马兄弟的取财绝活，一只宝手！老哥我没啥本事，不过英雄爱英雄，你二位落难在这地盘上，咱就来个桃园三结义。刚才我说过了，只要你们听我一句：兔子不吃窝边草，有啥为难处，大哥替你们想办法。来，这瓶酒咱们干了！”

炕桌上摆着三只碗，一瓶酒倒进碗中。“饭桶”一愣，把指头伸进那两颗不锈钢牙里，一使劲咬破指头将血滴进碗中，然后冲着窑壁上伟大统帅的像跪了下去。“马桶”也如此照办。贾连长下意识地将指尖伸到嘴边，忽然哈哈一笑：“咱们不搞封资修那套，来来来，向红卫兵小将学习！”“马桶”和“饭桶”将碗一举：“向贫下中农致敬！”

看傻了眼的孙志敏，悄悄回到了知青窑里。“怎么样？”“正给他俩学‘老三篇’！”说完孙志敏蒙头睡觉。

几天后，逢集，“马桶”去公社打油称盐，“饭桶”轮上在家给集体户做饭。

到日头偏西，山影儿从沟底往对面坡上爬的时候，“马桶”空着两只手回来了，衣服的前襟被扯了个大口子，颧骨上乌青的一团。

“小子，让人‘花’了？”

“输了钱他们不给，还上手抢，这他妈的待会儿哥几个回来，见没有油盐，非急眼不行！”

“你小子栽在谁手上了？”

“秃八爷！那小子还让我给你捎话，说钢牙今后还敢到公社集上拔份儿，先把你俩牙给拔了！”

“你小子咋说？”

“我让他们明儿上咱庄来，我说大哥你让我给他们捎话，有种的上贾庄来会会，见个高低后张渠公社这码头就归谁！”

“这秃驴咋说？”

“难听啊，说你那次在天桥被打掉了牙，不是争码头打的，是你拍婆子让人堵了黑道……”“马桶”一个劲地给“饭桶”上眼药，忽然喊起来：“你咋把洗衣粉往玉米面里倒！”

“饭桶”见自己错把洗衣粉当碱面，两肩一耸，嘻嘻一笑，噗地一家伙把半袋子洗衣粉全倒进面盆里，将纸袋往炕角一扔：“让他们吃吧！让他们来吧！”

晚饭，从山上回来的人咬了几口窝头，都觉得味儿不对。

“有股什么怪味？‘饭桶’你玩什么花活？”

“哥们姐们！包涵点，碱放多了！”“饭桶”把脸埋在粥碗里，头也不抬。“马桶”诡黠地笑着。

“洗——衣——粉！”朱丽惊恐万状地举着纸袋，像摇动一面旗帜。

“嗨，报上登的钢铁长城某部模范饲养员的经验，饲料里加洗衣粉能给猪催肥。我看哥儿几个这些日子条儿越来越细，想给大伙……”“饭桶”正儿八经地不笑。

剩下的窝头只有转让给朱丽的那两头猪了。

这一夜，两只“桶”也没有睡好。

“嘻嘻，第十九趟上一号的。”

“哎呀，孙志敏是第五次了。”

第二天前晌，留在家中做饭的“眼镜”像被一群疯狗撵着一般撒腿朝山里干活的人们跑来：“队长，不……不好了，要……要出人命了！”

孙志敏一听这话，联想到昨天“马桶”脸上的青疤，猜到了八九分，一看队长，他却提着裤子躲进拐沟“出恭”去了。一伙知青只好拖住贾连长回庄去。

好个战场！板凳摔折了，老镢把断了，瓦盆碎片，两把菜刀砍在土里，灶房的门歪在一边，窗格子也断了几根。真要命，朱丽这位“猪场场长”危难之中还记得那两条狗一样的母猪，躲在树下，把两根捆住猪脖子的绳子死命地拽住，吓得两条腿直哆嗦。

四个外庄的知青，三个人坐在碾盘上，一个头上有块秃疤的站在“饭桶”跟前，“饭桶”嘴上叼着一根烟，“秃疤”擦燃一根火柴凑了上去。“马桶”手上还捏着根长擀面杖站在“饭桶”的身后。

“这是咱庄贾连长，这是咱的头儿‘眼镜’，这是孙保卫。这四位是沙家沟的，我范某的朋友。”“饭桶”这口气摆的谱儿大着呢！

“‘眼镜’，这是昨儿买油盐的钱，这几位昨儿借去花花，今天还钱来了。”“马桶”那一脸得意活像个狗腿子。

“秃疤”赔着笑脸：“贾连长，‘眼镜’，孙保卫，今后有什么要兄弟办的，跟范大哥言传一声，兄弟们两肋插刀，没说的。”

贾连长扫了一眼战场，冷笑道：“够热闹的了！以后谁敢欺负咱贾庄的人，我掐断他的球把子！小范，让他们上我家来一趟。”转身挺胸昂首而去。

孙志敏想，又该让他们学“老三篇”了。

这场战争，知青户损失惨重，群情激愤，终于，知青们与两只“桶”分灶另过。

“马桶”与“饭桶”也乐得自由，分灶以后，干脆不出工，在全公社周游列国，闯码头、跑江湖去了。

生产队管不了，也没有人管。有时二位“大爷”也回来闲居几日，不动烟火，把炊具、衣物送给老乡换点吃的，但从不在庄里干偷鸡摸狗的事。一些好心的大娘大婶常给他们端点吃食来，唏嘘地抹泪：“唉，可怜娃们没爹没妈的样子。”

头一回招工，他俩就全推荐出去了，走时很轻松，一人一个书包，其他东西都变成屎，屙在贾庄的地里了。

别的知青都没说什么，因为招工“政审”查三代，“马桶”和“饭桶”的家谱比其他人的都好。

“饭桶”的妈给队上写封感谢信，说她的儿子在北京只能进班房，经过贫下中农教育进了工厂……

贾连长拿着这封信参加了“劳模会”。

音乐家

他下乡插队就好像今天的年轻人出门旅游：一个提包，一个小被盖卷，再加一把小提琴。

他长得很帅，样子就像演《双雄会》的杨在葆。当初一起下乡的知青，后来一看杨在葆演的电影，就会想起他，想起他的那些事。

在庄里他是一个怪人。不爱笑，别人有高兴的事，他就躲着；也没有家信和想家的时候，他爸爸死了，老妈妈住在疯人院里；他对现实很满意，因为他可以随心所欲地拉曲儿，什么肖邦，什么多瑙河，什么圆舞曲，什么梁祝，再没有居委会的红色小脚老太太来找麻烦。他叫沈明。

山村的黄昏因为他而增添了不少韵味，悠扬婉转的琴声在暮霭中飘游，浮烟袅袅的蓝，羊群咩咩的白，晚霞婷婷的红，而几位女知青则愣愣地望着他的背影，听到凄楚之处，则滴下几滴眼泪。

只有这个时候，他不令人讨厌。而一放下琴，他就让人受不了。上工的时候，他走得慢极了，每次都是大家干起来了，他才拐到地头。组长提醒他："你不能走快点？让人议论。"沈明回敬一句："别急着找死，将来回城去，和你小对象逛公园，人家小姑娘跟得上你那撵狗的步伐吗？"掏地的时候，他总拄着镢把发呆。队长喊："沈明，小心镢把戳进下巴去了！"再以后沈明发呆的时候，就把镢头撂在肩上扛着，队长刚一喊"沈……"他一耸肩膀，老镢就扎进土里，队长干气没法儿。

他的工分定得最低，六分半，和婆姨们一样。连"马桶"和"饭桶"都挣八分工，他不急，把工分本往会计手上一塞："天天带着累得慌，你看着画几个就成！"省了每天去记工分的时间，还可以多拉两个曲子，他想得很细。

姥姥不疼舅舅不爱的沈明，想不到还有人喜欢他，顶顶革命的原校保卫组的孙志敏总处处关照他，连痞子“马桶”都看出来了，不仅看出这一点，“马桶”对人说：“孙保卫那是剃头担子一头热，你看沈明跟她说话的时候，眼神无光，说明不‘聚焦’——目中无人。”这话传到孙志敏耳里，她留意观察，果然不假，气得咒沈明是冷血动物。

但奇怪的是村里准备办小学的时候，却选上了沈明。

贾庄距公社十里地，庄里的孩子都要到公社小学去上学，因此上学都晚，十来岁才去读一年级。有了知识青年，庄里办个初小，孩子可以早点读书。饲养室开会，村里的老辈子、队长的父亲提名沈明：“我听小沈那曲儿，有味儿，有学问；多听几遍，可听出小沈的心哩，有情有念想，烫烫的。”天爷爷，沈明还有这么个土得掉渣儿的老爹当知音嘞！

没有人反对。

“小沈，大家伙儿信得过你，不要觉得给受苦人家的孩子当娃娃头委屈了你，你看咋样？伟大领袖毛主席……”队长说到这里凑到马灯前翻语录本。

沈明从墙旮旯里缓缓站起来，一言不发，深深地弯下腰，向旱烟弥漫的人头鞠了一躬，然后，跑步离开会场……

这一下队长不知该念哪一条最高指示了，一挥手：“散会！‘眼镜’你明早和沈明进城去买块黑板，到会计那儿取二十块钱，钱你揣着。”

清晨，去延安城的路上。

"眼镜"发现沈明一夜间变了，迈着狗也撵不上的步子，也不管自己听没听，一个劲地讲他的过去：他初中时作文比赛在北京市得过奖，他想当作家，但家里人偏让他学音乐，请中央乐团一位叔叔教他。他父亲是位翻译家，1957 年当了右派，"文化大革命"中又说是"里通外国"，斗死了，妈妈也疯了……

"眼镜"感叹道："你这人命运真不幸！"

糟了！沈明瞥了他一眼，冷得怕人。沈明再没有说话了。

整个延安城都买不到一块小黑板！两人沮丧地走进医院帮朱丽取点止痛药。

"眼镜"将处方笺递进药房，坐在条凳上打盹。

沈明推了他一把，"眼镜"睁眼看沈明，沈明把嘴一努。

对面墙上挂着一块小黑板，上面写着医院工宣队通知大批判之类的字迹。

"朱丽！朱丽！"药房的喊声传来，"眼镜"忙挤到取药的小窗口。他取完药一转身，沈明不知窜到哪儿去了，他只好坐在长凳上等着。

不一会儿，沈明从走廊对面过来了，这家伙一只手捏着一支粉笔，一只手捧着一张纸，两眼盯着纸上的字，根本不理"眼镜"，径直朝黑板踱去。

演得真像！

沈明站在小黑板前，左右张望一下："他娘的，哪个王八蛋把黑板刷子偷跑了！"又在身上摸了摸，"连张废纸也没有，倒霉！"说完把粉笔往耳根一夹，提上黑板转身就朝外走。

"眼镜"的心都快跳出来了。两个穿白大褂的和沈明擦身而过：“工宣队，工宣队，又是要开什么批判会。”“小声点儿！”

“眼镜”大模大样地尾随沈明走了。

贾庄的小学校就这么偷来了。

沈明一直在这个小学里教书，直到所有的知青都走了。“眼镜”走得最晚，走的时候，沈明只问了他一句话：“那次去延安路上我讲的事你没给别人讲吧？”“没有！”“你是好人，忘了我讲的那些，也忘了我吧！”说完握了一下他的手。

“眼镜”的眼眶湿了，他知道沈明没有地方可去，没有家。

“眼镜”离开贾庄的时候，沈明站在村口为他拉了一支又一支的曲儿，凄凄的，冷冷的……

许多年以后，听人说，贾庄的学校停了，因为沈老师疯了，据医生说是遗传。

1988 年 7 月

云横秦岭忆旧

今年5月下旬到西安参加第二届中国诗歌节，时间安排在5月下旬，大概与纪念毛泽东在延安文艺座谈会的讲话有关。这种大型的诗歌节，请的人多，各方面的代表也多，重在营造气氛，用当下时髦的话叫“文化搭台，经济唱戏”。当西安做这件事的时候，更多的是往回看，盛唐气象中诗歌是最体面的名片。

西安是我生活中一个重要的城市，我人生最重要的青春时代，是在陕西度过的，延安插队，陕南秦岭工厂工作，先后八年时光。在此期间，我开始诗歌写作活动。最早与文坛接触就是在西安东木头市的一座小院“陕西文艺编辑部”当工农兵的业余编辑。离开陕西已经三十多年了，其间也回过西安，每次都有大变化。这次参加诗歌节，更感到西安大兴土木的气派，歌榭舞台，盛世华章，令人眼花缭乱，几乎完全抹去了我记忆中的古城西安的影子。

忙了一天，回到饭店休息已是深夜，房间里的电话突然响起。是谁？电话那头说：“我是章明，我们看到报上你的照片和记者的访谈，知道你回西安了，今天我们找了你一天！”章明是在陕南一家工厂里与我同住一室将近三年的人，他的电话把我带回到三十多年前的时光。电话中他告诉我，曾在秦岭大山里一起度过青春岁月的人，现在都各在一方，他正在筹划搞一本回忆录，让当年的朋友们留下自己的记忆。

章明所说的那个工厂是一个特殊时期的特殊单位。总后勤部当时还有个“军马局”，军马局在秦岭山区建了这所工厂“2837工程”。名字挺唬人，其实就是座化肥厂。工人由两部分主力组成，一部分是复转军人，另一部分是知识青年，知识青年的主体又是第四军医大学的教职工子女。军医大中教授和高级知识分子成堆，在那个非常时期，这些年轻人被视为“可以教育好的子女”，没资格参军上大学，于是集中到这大山里创业建厂。这是一段让人永生难忘的经历。所以，才有大家写一本回忆录的想法。

接到章明的电话，我一夜难眠。随后又在电脑里读到章明发过来的许多当年工友的回忆文章，有的还提到了我，比如有一篇文章里写道：“……单位第一次死人，领导十分重视，埋人的那天，几位厂头头到场送行，丁光亚副厂长、政治处主任刘官元等人轮流亲自抬棺，团委书记叶延滨也在送葬的人群中。一行人扛着棺木沿着坑坑洼洼的山路，艰难地翻过好几道石堰，把人埋葬在高高的山顶……当天傍晚，叶延滨来卫生所，说是眼睛有点难受，可能是上山埋人被风沙吹迷了眼，王鸿云大夫检查后说没有什么，遂开了瓶氯霉素眼药水点滴眼睛。一夜无事。第二天一大清早，还未到上班时间，章明就来砸门：‘不得了啦！你们快去看看吧！’我急忙去了楼上他们的宿舍，好家伙！叶延滨的一只眼睛，记得是左眼，已经肿成了个山里常见的大核桃。原来昨天迈上最后一道石坎时，棺材前头一下翘了起来，重量全压向后面扛棺的人，叶延滨就处在右后位置，他尽全力用肩膀顶住倾斜的棺材，左脸颊紧贴着棺材盖，据他自己说左眼睛明显感觉到了一股棺材缝隙中飘溢出来的冰冷气体的吹拂……”这个细节我已记不起了，但这些细节引领我重新回到那个秦岭山中的工厂，记起一些不平凡的人和不平凡的事。这些事与人，常常以特别的温暖，让我感到生活的美好与青春的可贵。我将与秦岭深处这所工厂有关的一些记忆片段，整理成为这篇散文。散文题目叫《云横秦岭忆旧》，因为那里曾是我的家，那些工友和基层干部曾是我的兄弟姐妹般的亲人，尽管那个时代并不太平，尽管我笔下的那些人也并非完美无瑕……

荣会计

这是我“参加革命工作”后第一个业务上司。我在延安农村插队两年半以后，总后勤部到延安招工人。一听总后勤部，都报了名，忘记了仔细看后面跟上的一串补语“军马局延安军马场”。在军马场的基层连队当了半年农工，我就调到场部供应科做了仓库保管员。供应科的最高行政首长姓周，四川人，个子矮矮的，待人和气，脸上总是挂着笑。这笑给我很深的印象。三十年前是中国物资最短缺的时期，僧多粥少，供应科就是个热点，也是个出气孔。周科长总是笑容可掬，让他在这个总叫人抱怨的位置无人可以替代。供应科的业务首长，是一个中年会计，姓荣，上上下下都叫他荣会计。

荣会计是场长从山丹军马局要过来的。荣会计自己说：“我这荣会计三字，从参加工作就这么叫，一辈子跟着我，不像这个‘主任’那个‘部长’，三天两头换称呼，所以，我的名气也就大了。”我知道荣会计是后勤学院高才生，大概亲属中有背景复杂者，毕业后没有穿上军装。他一生气，在填写表格时，给自己“出身”一栏写上“淘汰军人”。正逢反右高潮，没给他戴帽子，还算客气地把他从北京发配到西北去养马。

荣会计虽没有职务，但在供应科是无冕之王。小事他不管，大事他说了算。周科长是个笑嘻嘻的科长，荣会计看上去也是个乐呵呵的乐天派，在“文革”时期，人与人都互相提防，我在供应科的这段日子，倒像身在世外桃源。现在想来，也有道理，荣会计是永远当不成官的人，凭本事吃饭，也就敢说敢做。周科长放手让荣会计在供应科一言九鼎，也不危及自身前程，也就开明敬贤到底。开初我不明白，荣会计哪能有这等威信。后来才知道，荣会计又被领导层叫做“荣决算”。一年下来，场部首长先开会，决定今年是报亏还是报喜，形成决议后，场长就会找荣会计了。领导说今年要盈利一百万，荣会计就决算出个一百万；领导说亏了一百万，荣会计就给决算出一百万的窟窿。我成了荣会计的朋友以后，有次酒后就问他：“这决算的窍门在哪儿？”“嗨，计划经济就是上面有人计划，下面有人对着上面的要求报计划。年年增产，年年大丰收，年年有人没饭吃。上面唬下面，下面骗上面。我也是看着咱们场的领导们老实，才帮他们。你想想，当官的混到军马场来当‘马倌’，也就够窝囊了。我帮他们一把，让他们安心点，你和我这样的人日子也好过。完不成上头的要求，只会年年换领导，新领导一上任必然要搞三把火，整来整去，倒霉的还是老百姓。”这些话今天说来不算个啥，当时可是听得我心惊肉跳。

荣会计的老婆是山东人，身材高大，模样也俊，爱热闹，于是我们供应科的年轻人成了他家的常客。“啊，‘闻香队’又扫荡荣府来了，你们比当年的鬼子还厉害。”其实，是她炖了一锅羊肉，让荣会计把我们拉去的。他们夫妻关系好，在马场出了名。马场工作条件艰苦，许多牧工酒量大得惊人，喝醉以后，就打老婆撒野，竟然成了一种风气。马场领导想了许多办法，收效都不大。荣会计知道后，笑着对场长说：“这个好办，听我的，打一次老婆扣五块钱！”百般无奈的场领导实行了荣会计“打一次老婆五块钱”的政策，真是立竿见影，一是打人的少了，二是个别还挨打的也不告状了，场长的耳根清净许多。在我记忆中这是马场在“文革”期间按经济规律办事的唯一例子。那时候一个好牧工每月也只能挣四十多块钱，马场自酿的苞谷酒每斤五毛钱，打一次老婆要少喝十斤酒，这个账，男人会算，女人心里也清楚。

荣会计看起来乐呵呵的，什么事也不放在心上，但烟抽得厉害，四十多岁就得了肺气肿。1976 年“四人帮”倒台后，我调回四川工作，他也在那一年去世了，死于肺心病。我一想到他，就会想起“淘汰军人”四个字竟会影响一个人一生，想起他“荣决算”和“五元罚款”的故事。他是我敬重的有才华的长者和同事，一想到他我就觉得“生不逢时”和“生逢盛世”真是个人不能自决的命数。

秦副政委

我能与荣会计、周科长一起在场部坐办公室，机会来自我从马车上掉下来。刚到马场，我在连队当班长。种了仨月地，从拉粮的马车上掉下来，摔坏了肩，不能干农活了。正好这时，场部机关年底清仓查库，将我抽了上去。同时抽上去的还有十几个新工人，都是曾在延安插队的知青。清仓清了半个月，就到了十二月。供应科长老周把我们十几个临时工集中到一起，开了个表扬会，然后留下一道作业：每个人替供应科写一篇年终总结。我在学校里是学生会的学习部长，“文化大革命”中，又办过一年红卫兵小报，写总结的那一套还摸点门。一篇总结交上去，我被留在了供应科，当上了仓库管理员。这在马场就算“干部”了，叫以工代干。除了当保管员，我就是供应科的文书了，总结啊，大批判稿啊，在场部小有名声。不久，军马场撤销了，我调到秦岭深处名为 2837 工程处的化肥厂，不再在财务科干了，分到政治处当了干事，兼为头头当秘书。

政治处的另外几个干事，保卫、干部、宣传、青年，除了一个大学毕业生在当干部干事外，其他的都是从工人中提起来的“代干”，在我以前，有两位也当过头头的秘书。

分管政治处的秦副政委，早先也是在上级机关当秘书出身，几个头头里，给他拟的讲话稿最难。出了题目他也不说如何写，写出以后，他才边看边提意见，不改个三五遍，他的意见是讲不完的。

我做了秘书，便认真研究前秘书们以及上下左右的秘书们做文章的门道，总结出三大类。头一类是文牍派，凡事都从老祖宗说起，每句话都要有出处，结构总是三段论：马克思、列宁然后毛主席；国际、国内然后本单位；优点、缺点然后是注意点；困难、成绩然后是光明而遥远的前景。这类秘书文章，单线思维再加各种引文，秘书的作用就是用连接词和标点把各种引文串成一篇文章。好处是：不会出错误，句句是真理或句句有根据。缺点是：在人们复习了中外领袖及名人的忠告后不知文章真实的想法是什么。第二类是实用派，观点从领导出，例子由秘书加。领导爱《三国演义》，他从上衣口袋里拿出孔明的锦囊妙计；领导爱说《红楼梦》，他就是半个红学家。这类秘书的长处是领导喜欢，短处就是花拳绣腿哪招都不硬。第三类是歌德缺德派，凡事都是本届领导最英明。从上届的脚下挖坑，挖出来的泥垫在本届的脚下。一旦本届走了人，又将这土垫在新的一届脚下。这类秘书口碑不行，在任的领导们却爱用，而且还会出现“铁交椅秘书送流水官”的景象。

这些秘书的招数我都用不上，也不完全是我用不上，而是当秘书出身的秦副政委早知道这些路数，不吃这套。我慢慢地发现，副政委爱改讲话题，多是随意性极大地想到就说。这就不好对付了。后来我琢磨出了办法。接受任务后，不要急着动笔，先放上两天，然后诚恳地找领导请示。在请示过程中要弄清头头的想法，一旦发现头头还没有想法的时候，及时地以请教的方式把自己的想法反复地向头头说明，装进头头的脑瓜里。这样，当我的稿子送到头头的办公桌上的时候，头头的意图在文章中得到表达，头头没有意图时，也会用我向他汇报的意图来审查我的稿件。从此以后，我的稿子秦副政委几乎不动。“小叶领会领导的意图很到家嘛！是个笔杆子。”——这是我在 1974 年到 1976 年间秦岭腹地的一个政治处里当秘书的经历。

如今我早就不干秘书工作了。现在当秘书也肯定不像那个非常时期中的秘书们的那种做法。当然从首长们的报告中，也随时会遇到面熟的文牍派、实用派和歌德派的影子。有时，在某些领导的报告和署名文章中，也会感到另一位的口气和笔法，这时候总是想笑：这里又藏着个能领会头头意图的笔杆子！

刘主任

刘主任是我第一个政治首长级的领导，那是我从军马场调到总后勤部 2837 工程处的最初日子。我从马场调到秦岭山里的 2837 工程处，没有继续在财务科工作，而是调到政治部，也是因为一场意外。我在马场供应科当的是仓库保管员。保管员干了半年，军马场因故撤销移交地方。办移交过程中，发生了连队工人聚众抢场部拖拉机的事件。拖拉机新运来不久，还没有用过，按协议这类没有使用过的设备不交给地方，将由部队运走，这是事件的原因。正好我在负责管理这批拖拉机，我便成为主角。我在不知情的情况下，本能地阻挡聚众哄抢者，挨了一通拳打脚踢。事件发生后，我糊里糊涂地成了保护国家财产的好青年，受惊吓不久又收到意外的惊喜，“火线”入了党，破格从马场调到“2837 工程处”的政治处当干事。在这一系列命运“中彩”之后，刘主任成了我的上司。

刘主任长得胖胖的，虽然只是个副团职，却早早准备下了将军肚。他文化不高，却当上了政治处主任：“小叶呀，我是个大老粗，但我爱文化人，你是个高中生，算秀才了，虽然现在你还是个‘以工代干’，好好干，将来提成干部也很快嘛！”现在的年轻人，也许不知道“以工代干”是个什么东西。这句话是说，你本身是个工人让你做干部的事情，但别忘了你不在干部花名册里。老百姓说法“混进干部队伍的工人阶级”。大概刘主任也是这路出身，所以在他手下没有受歧视的感觉。刘主任说：“别听‘政治处’三个字，就晕乎了！政治处干什么？记住了——”他张开胖乎乎的巴掌，扳着指头说：“文件简报，标语口号，逢年过节，吹拉弹唱，迎来送往，打球照相，布置会场，送茶签到，首长讲话，带头鼓掌！”刚好数完十个指头，简明扼要，易记上口，便于操作，大概这算我一生中所遇到的最简洁明快的“岗位责任规程”。刘主任两只胖乎乎的大手一合，结束了见面的头一次谈话。这是我头一次在政治机关与坐办公桌之前的领导谈话，所以记得清楚。

记得清楚的还有刘主任的这双大手。到政治处工作久了，知道这双手的重要。背后干事们都在传说，刘主任也是从山丹老马场调来的，原先就是个普通干事，有个重要首长讲话时，带头鼓掌，掌声响亮，于是得到提拔。我半信半疑，他的“岗位责任”以“带头鼓掌”压轴，想来也许有刘主任的道理。至今还记得刘主任的这双大手，还有另一个原因，就是他的老婆竟然是一双小脚。第一次到他家，见到这个女人，我还以为是他乡下来的亲戚，刘主任笑呵呵地说：“这是我那口子！”我吃了一惊，反差太大了。刘主任长得人高马大，这女人又干又瘦，论高矮差不多只到他腋窝，论重量肯定不足他的一半，特别是一双旧式女人的小脚，使我一下子不知如何与她打招呼。这女人比刘主任年纪大，是老家父母定下的亲事。一个乡下的小脚女人，刘主任就这么带着她走南闯北，让人百思不得其解。一双大手与一双小脚，这对夫妻给我留下的就是这个形象。刘主任与老伴十分恩爱，他老伴身体又不好，刘主任如果没有上班，政治处的同事就会说：“老婆子准是病得叫刘主任伺候了！刘主任真是个好人！”

有个小脚的恩爱老伴，刘主任以道德模范的形象支撑着他在政治处的地位。政治处里那些事，谁都能做。做得好与做得差，也全凭嘴皮子，没有个准星。能带着小脚的糟糠妻在仕途上混前程，还真找不出第二个。于是在政治挂帅的年月，他也就以模范身教统领我们这十来个人的政治处。

除了小脚老伴，他让我记得的事迹还有一件——看电影抗地震。

看电影抗震，起因是1976年四川松潘大地震发生时，波及我们工厂。当时，工厂正在露天放电影，虽然地震动静不小，但是工厂本来就在铁路边上，每天火车都会让大地在我们屁股下震动几十次，这回真正的地震来了，大家也就当成火车路过，人心安定，电影照放。直到住在楼上早睡的换班工人穿着裤头发疯地从宿舍里跑出来，才知道这一回不是火车闹事。有了这个经验，一连几天，全厂职工在露天看通宵电影，从《地道战》到《沙家浜》轮番地放，大家睡了看，看了睡，直睡到刘主任成了抗震的先进典型。

刘主任当典型不久，就调出工厂。厂领导换人，老领导带着刘主任到“新的战斗岗位”去了。他是我第一个“政治”领导，真的忘不了他。直到现在，一听见哪里喇叭有《沙家浜》的动静，我就会觉得大地在脚板下又晃动起来……

康干事

康干事是政治处第一个与我同居一室的同事。刚报到，主任就说，你去和康干事住一屋吧。

正是初冬时节，山里的工厂还在筹建，条件极差，大部分工人住在油毡搭的工棚里，四面透风。小康和我一样，都是从工人中抽出来“以工代干”的政治处干事，我管青年和宣传，小康分工保卫。他比我早几个月到政治处，临时住在广播站里。我在新盖起来的工厂大楼里，找到工厂广播站，敲门。“谁？啊，来了……”听到穿拖鞋在水泥地上擦出的声音，门开了。一股热腾腾像澡堂的水雾扑面而来，我的眼镜一下子什么也看不到了。他一把将我拉进房里，我取下眼镜，四周环顾一圈，发现这水雾是从一只搪瓷洗脸盆里冒出来的。两片钢锯接在电线上，做成一个简易的加热器，将水烧开，冒出热乎乎的蒸汽。“你就是小叶？怎么样？我刚想出来的主意，暖和吧！”真够暖和，现在叫做“蒸桑拿”，也叫“蒸汽浴”。小康与我就在这热腾腾的蒸汽中认识了，也许就是这一房子的蒸汽，让我记住了到 2837 工厂的第一天。记得这一天的原因还有，在热气腾腾的见面之后，我们有一个冰凉的夜晚，那些热气都在冬夜里变成潮湿而寒冷的水汽。我出于礼貌，他出于脸面，我们一夜都假装睡得香甜。

很快，我发现保卫干事小康常有自己的小聪明，他用这些小聪明在糊涂办案，却并不是冒傻气。

这是我记忆中的一件事。一个女工告她的班长“强奸”。女工是知识青年，班长是复员军人。知识青年是城里人，复员军人是乡下人。本厂工人就是这两大群体。两人的事涉及全厂，于是康干事取证时，把我叫去做记录。康干事只听原告的，从早上说到下午，我记了十多张纸，芝麻绿豆的小事都听那女工说。说完了，让那女工签字按手印。等到女工在最后一张记录纸上按上指纹，小康一边收着记录一边说：“别闹了，不想和别人好了，也用不着害别人呀。回去吧。”那女工张口结舌瞪着小康，小康说：“我让你明白。这强奸有多次，那头一次为什么不告？”等到那女工走了，我问小康：“你有把握吗？”“没把握，如果她不服，会再找来的。”之后，那女工再也没找，此事就糊涂结案了。

这是我记忆中的第二件事。工人居住的棚户区发生了火灾，十几户工人自己搭建的工棚，烧成一堆灰烬。单身工人进厂都住集体宿舍，搭建棚户者，都是有家室的，自己给自己弄个窝，不容易。火是半夜烧起来的，也不知道起火的原因。正在调查时，有人举报，是刚结婚的一对青工那间临时工棚先起的火。去看现场的人回来报告，说在灰烬里发现一只电炉。事情看来有眉目了。此时小康却不抬头，只说了一句：“现在各家都不准人回去，你们也都翻一下，还有没有电炉。”不到一个钟头，到各家看现场的人回来报告：“家家都有电炉！”于是一场看似有肇事者的火灾，又成了无头案，不了了之。我问小康：“为什么不查那对刚结婚的？”小康说：“十有八九，不会是他俩出的事，这是一。就算万一是他俩，这十几户住工棚的，损失最大的就是他俩，其他人没什么财产，他俩全是新的，已经够倒霉了，还再让他们雪上加霜？”想一想，也只能这样糊涂了事。

事件过去多年了，小康的故事都发生在正值“文化大革命”

时期的 70 年代初。想起这位“二把刀”保卫干事，就能感知那个时代的法制环境。想起他的这些故事，就发现人世间的聪明，有些不能用条例来比量，最比量不出的恰恰是“难得糊涂”也……

2009 年夏整理于北京

薄厚街五号的同事们

这些都是曾在我的生活中出现过的人物，他们那么生动而光彩，几乎成了我一生的伴侣。是哪儿出现过的？就给他们一个地址吧：薄厚街五号。

——题记

三得意

说的是一个人，在这方地面上小有名气，如果在科举时代，够得上秀才，懂古文，说方言，还读过几天的英文。因为有这才干，在前几年还担当过当地政协的委员，姓马，吃早茶时，街坊都先向他打招呼："马委员早，马委员今天又要接待外宾了？"古城不大，有明清建筑，成了对外开放的观光点，常有各式的外国人来此观光。旅行团的这等外宾，就由旅行社的小导游陪同；重要的外国要人和港台富商，上面有专人陪着来看，不要本地的陪同。介于这二者之间的观光客，就常常劳动马委员的大驾，请他出来当陪同和解说。马委员在文联里当个创作员，资格老，评上了一级，全称"国家系列一级作家"，马作家写过什么大家记不得了，同事便从这一长串称号中免去作家两字，当面背后地叫"马一国"。马一国在文联上班没有实事可干，三天两头旅游局来请，两头挣钱，一头吃社会主义大锅，一头吃多劳多得的红包，同事说他也算“一国两马”。

开始请到马一国，大家觉得老先生学识渊博，请得应该。一请再请，几乎成了专业，大家心里就嘀咕起来：古城虽说资格老，但够资格的地方也不多，文庙前半条街，再加上两个老牌坊，能有多少故事可讲？就算是小城故事多，录音机录下来，叫旅行社的那些导游小姐背上三天三夜，也就滚瓜烂熟了。而且小姑娘们说的是普通话，水灵灵的声音，也比马一国公鸭似的嗓子好，何况，马先生还不会说普通话，这更让大家不好理解了。

不吃梨子哪能知道梨子的滋味。有好事者，跑到旅游局去打听。旅游局里接待好事者的是牛局长，因为市里这个局长也只是个科级，所以大家都叫他牛头：“喂，牛头，你把文联那个马委员弄到你局里当陪同，怎么成专业户了？”“你说那个马嘴啊，谁是马嘴？你还不知道马委员有个雅号叫马嘴？我们就吃那张嘴了！那张嘴让马委员出够了风头，现在他还有个大号叫三得意！”什么三得意？牛局长卖关子不说，好事者更心痒痒，于是跟着马委员实地考察了一回。

第二天，有个日本吟诗考察团来到此地观光，这算外国文化代表团来访，当然要马委员出马了。走到文庙，牛局长介绍说：“尊敬的外宾女士先生们，为了让诸位更能理解本地这些文化古迹的珍贵之处，我们特请来本市国粹专家马先生给大家作介绍。深得古建筑文化精华的马先生为了更好地阐释和介绍这些古迹，只能用方言古文给大家介绍，同时，我们请来了古文专家陈校长、方言专家朱先生和日文翻译宫小姐，配合马先生工作，谢谢大家光临。”说罢马先生用方言背起他自撰的一篇古文，咿咿呜呜，啊啊呀呀，摇头晃脑，抑扬顿挫，如歌如泣，似唱似嚎。在谁也听不明白的一通云山雾海之后，众人听得目瞪口呆，寂静半分钟后，响起哗哗掌声，马委员脸上露出得意的笑容。然后，古文专家陈校长出场，又是一通咿呜啊呀之后，众人依然不明白，再次寂静半分钟后，又起哗哗掌声，马委员脸上再次露出得意的笑容。随后方言专家朱先生将此方言又译成普通话，观光者中有稍懂一点中国话的人，开始合上张开的嘴，频频点头，以表示他对中国话很明白；那些不懂中国话的日本人，则从同行的点头中感受到此中学问的博大精深，嘴里哟哟地赞叹。于是再次爆发热烈的掌声，马委员的脸上第三次露出得意的笑容。啊，好个三得意，原来高招在这里。等到导游把马委员的那段话最后翻译成日文的时候，观光客们已经对原先想看的古迹不感兴趣了。他们认为此行最大的收获，就是看到了一个学问高深得要三个翻译才能让平常人明白的马先生。而马先生的三得意，也发自内心，谁能想到他这样高水平的节目呢？

于是，一座庙前的半条街，再加上几个牌坊，每一处都要再来一回“一讲解配三翻译”的表演，就把一个代表团拖在这里待上大半天了。又是餐饮，又是购物，让市里许多行业得到振兴。马一国的三得意也造福一方啊！不久，文联主席称病让贤，马一国说：“我是个作家，哪有时间去当官呀？”坚辞不受，一时传为佳话。

半瓶酒

俗话中有一句叫“半瓶醋”，他有一个绰号叫“半瓶酒”。半瓶酒是什么意思？恐怕还要从头说起。

他姓什么，不好说，怕别人来对号，所以就说他叫老古，真人还是假姓？都不当紧，看了这篇文章，你自己心里明白。

多年前这个机关虽然不大，但有名的人多，办公室不新，是个老军阀的旧公馆，刚好配对。我是新人，这里没有我的地方，我就住在办公院里的一间偏房，一半是库房，一半是我的宿舍，方便。常在机关与我做伴的就是老古。老古是机关的老职员，中华人民共和国成立那年就参加工作了，大学没毕业，就来到这个机关进了这个旧军阀的老宅子。这个宅子出名人，反右出右派，“文革”出造反派，改革开放出现代派，但老古不出名，总是给领导当科员，也给名人当秘书，名人倒台了再回科里当科员，谁也没把他放在眼里，因此，长江后浪追前浪的运动，没有把他“运动”进去。他每天三件事：上班前打开水，开会做记录，下班打扫办公室，总走在最后，也就总与我做伴。

走到最后，有走到最后的道理。把办公室暖水瓶里剩下的水倒进自家的暖水瓶里，三间办公室剩下的开水，装满两只五磅的水瓶：“莫要浪费了，全家洗脸洗脚都够了。”那时在茶馆里提开水，五磅的水瓶要两分钱，晚走一会儿，节省下四分钱，一年就算三百天，可节约十二元：“那就是一个月的伙食了，该省就省，对不？”冬天办公室还生有火炉，老古就走得更晚了。坐在火炉边看报读书，有时还烤上一两个红薯，直到看大门的方大爷来清场。有一天，办公室的人加班凑份子吃了一餐，剩下半碗烧鱼的料汤，老古热情万分地给我送来：“没鱼了，下饭还是好东西，莫客气。”我一看剩菜残汤，忙谢道：“吃过了！吃过了！”老古转身走了。过了二十分钟，老古托着一块豆腐从外面回来，抬头见我，就说：“不过了！捅烂就捅烂！钱嘛，生不带来，死不带走，老古今天就吃它一回鱼香豆腐。”说罢进了办公室，用剩鱼汤在火炉上煮豆腐。一会儿传出他的戏腔。

我知道他为什么历次运动毫发无伤了。我给同事讲述了老古下定决心吃了一回豆腐的故事，同事一笑，告诉我他“半瓶酒”绰号的来历。“文革”初期，老古给机关某名人当秘书，也就帮名人日夜辛劳地写检查。有次检查写到大半夜，当领导的名人拿出半瓶五粮液：“老古，辛苦了，我这儿还有半瓶酒，你回家喝两口，解解乏吧。”老古拿了半瓶酒回家，一夜睡不着，第二天一早，提着酒上工作组去了。“组长，我是他的秘书，替他写报告是党的工作，替他写检讨也是分内工作，这半瓶酒就违反原则了，还是交给组织处理吧！”从那以后，说到老古，人们就从半瓶酒起头。这半瓶酒让他在任何一次运动中都没有被列入斗争对象，也让他在任何一次提干时都没有被列入考察名单。

老古就这么当他的科员和秘书，从小科员到老科员，从小秘书到老秘书，而且许多人都曾是他的同事、晚辈，提上去了，就点名让老古去当秘书。就这么一年又一年过去了，平平常常的老古也就平平静静地退休养老，遇到机关的人，乐呵呵一笑，便隐没在人群里。

这些年，常在报刊上读到老古的文章，都是回忆悼念这一位、那一位名人或领导。文章写得生动好看，因为有许多鲜为人知的小事，让这些故去的名人得到了读者的好感。老古的文章有人看，老古也就火起来了。“在中国当作家不是要写得好，是要活得长。你看老古，人到七十了，稿费见涨了，人家文章也就出山了。”许多人都这么说，好像老古不是在写文章，而是在炒股票。

老古现象在文坛引起争议。一派说老古文章好又没参加作家协会，是民间写作的掌门人之一。另一派说他是中国的知识分子写作的典范。第三派说他是老公务员，虽只是科员，但也是政府人士，不能算民间写作，大学没毕业更不是知识分子的正规军，因此是个体制内的作家……于是有媒体采访老古，请他谈谈对这场争论的想法，老古呵呵一笑:“都行，都行。他们都在说我是‘半瓶酒’，不是‘半瓶醋’嘛！”

红绿灯

说的是一位先生，说到他，就想到“红绿灯”。你别误会，他不是警察，是个文人，在我初入文坛谋生时，他已算是文坛宿将了，在一个编辑部当头头。

说是头头，又不是一把手，但他与一把手的资历差不多，因为早些年的运动中被批判过，档案袋里不知装进了些什么零碎，虽没有什么“分子”的帽子和处分决定，但是，一说要重用提拔，送上去的报告就没有了下文。这么搞过两三次，就再没有人说提拔的事了。没有提拔，但有资历，经过风雨，满腹文墨，于是就在编辑部里当个没有名分的头头，工作是替主编把关。

把关的事重要，只有一件，整本杂志经过三次校对，送厂付印之前，请先生再看一遍。看一遍大家校过三次的清样，他总能再找出几个毛病来，或是错字，或是语病，或是异形不规范的词。找出来了，红笔一圈，不送主编，把校样夹在胳膊窝里，端着茶杯，从他的小办公室，走进小会议室。一见这动静，编辑部主任就自动把大小编辑召到会议室里。“嗯嗯！这一回，错字不多，但是异形词有几个，这是‘内讧’，不能写成‘内哄’，虽说没大错，但不规范。还有‘云豆’，少了草字头，‘芸豆’才对。‘热呼呼’多了‘口’，‘热乎乎’才行。别看这些字，报纸书刊上也这么用，我们不行，我们是文学期刊，有文化没文化，就这紧要处！”就这么三两个字，说上十分钟，他这一个月的活就完了。听了他一通白活，主编就放心了。大家说这事叫“捉虱子”，那些似是而非的字与词，就像主编内衣里的虱子，抓走了，主编心上就不痒了，舒服了。主编心里舒服，这位抓虱子专家也舒服。抓虱子半天，掐死十分钟，剩下的时间，都是他的了。有时间也把字练得有门道了，杂志社外半条街的饭铺门匾都爬着他的字。就凭这本事，他成了编辑部的头头，与主编待遇相似，只是没有名分罢了。虽说他抓出的是不是虱子，也有过争议，但第一是主编给面子，哥儿们照顾，找个由头；第二他是个提不起来的老人手了，也让大家心里怜悯。每个月，个个都豁出来装傻充愣听他十分钟，同事间的道理就是如此！

他只是会抓虱子，也不会叫红绿灯呀？别急！过了几个月，风声紧了，在我刚到编辑部的那些年，“运动”遗风还有，余威还在，让人长了不少见识。编辑部开会布置查刊物，不查错别字，不查语法，查封建主义资本主义和反对社会主义等大问题。主编声色俱厉，让人不得其解："这事是主编主管的，你把关的，怎么查到下面作者和编辑头上了？"动员之后，出人意外，主编就叫这个抓虱子的专家当清查组的组长。

清查进行了半个月，没什么动静。清查进行了一个月，召开清查总结大会。

主编讲了一大堆学习提高的意义，然后请出了清查小组长讲问题。这一回，看见他，不知为什么，就像有虱子在背上爬。听见他讲话，霎时间，本来发痒的背一下子发凉了："嗯嗯，这首诗，表面上是民歌体，表面上是写爱情，但是，这句诗是什么意思：'看着公鸡跟着母鸡转，我的两眼里泪花不断。'主编是城里的老同志，不知道不为过，但当编辑的人下过乡，难道不知道公鸡要与母鸡交配？这暗示着下流色情的欲望嘛！这是严重的腐朽思想在编辑队伍中的表现！更为严重的是，还有这一首写立交桥的诗，有这样的句子'再没有红灯阻碍我们前进的步伐'，这不是公开叫嚣取消革命的红灯吗？几十年我们就是在革命红灯的照耀下前进的呀！不要红灯？这太疯狂了吧！还有这个作者叫什么'宋元明'，三个封建王朝，这不是公然想复辟封建主义吗？……"这下子会场炸了窝，诗歌编辑是个血气正旺的小伙子，忽然站起来："看见公鸡你想什么我管不了，立交桥上没有红灯这是事实。红灯停，绿灯行，这是交通规则你知道不知道？请问，你看见谁家的红灯亮了，革命的列车向前进了？""嗯嗯，《沙家浜》，不对，《红灯记》！"那小伙子笑着顶他一句："你那个'文化大革命'，就是红灯亮着还开车，江青的车都开翻了，红绿灯先生，你知道吗？"全场哄堂大笑，他愤愤退场，主编摇摇手，会议自动结束。

从此，大家都叫他“红绿灯”。他也算个“运动”遗老，因为正是改革开放之初，他还有幸表演了一回。之后，在我的记忆中，真还难见到这样“会抓虱子更会抓问题”红绿灯式的人物了。

罗诗兄

罗诗兄下海，只因为一顿饭。

罗诗兄本来的名字叫什么，大家都忘了，只有身份证上写着，谁也没有和罗诗兄一起坐过飞机，于是那个名字就比名字的主人更早地退出了这个人世。因为罗先生在诗界是个忠厚长者，四十多岁了，还在和一帮青年前卫诗人一道激动，所以，罗诗兄就成为这圈子里的兄长兼追随者，“诗兄”之名也就远播海内。

罗诗兄下海的那个饭局是在省城有名的刘嫂火锅店。省城曾是中国前卫诗歌中心，罗诗兄到了成都就拜访诸路先锋掌门人。然后，大家齐齐聚在刘嫂的笑容下，点菜、开涮、敬酒，各路先锋争着举杯：“罗兄，在火锅店为诗兄接风，不成敬意，主要是随意，有个气氛。喂，今天我买单付钱，大家就给我这个面子嘛！”“哪能！哪能！罗诗兄到此地头一个电话就打给我，没得说，我是今天的东家，坐坐坐，莫要争！”火锅热，啤酒爽，诗意浓，罗诗兄深感诗友们的情意，放胆畅饮，不知不觉过了量，酒一上了头，便什么都不知道了。醒来后，罗诗兄发现自己躺在刘嫂火锅店前堂的长椅上，小姐走近，笑吟吟：“先生，你请的客人都有事情，先走了，叫我们关照你。歇好了吗？这是账单，请你过目，不多，打九折，一千七百元，零头就免了，先生是付现金还是……”付完钱，罗诗兄走出饭店门，自己怪自己：“唉，诗穷而后工，我怎么没想到，他们的诗写得那么好，哪能有时间去挣钱？让诗人的手去摸钱，那是亵渎了诗人的手啊！”他觉得让诗界弟兄为难了，于是想：我是当不成先锋诗人了，当个诗歌后卫吧？

不久，罗诗兄下海开了一家火锅店，名叫“罗诗家”。牌子挂出来，都说不是火锅店名字，于是改成“罗吃佳”。罗诗兄的火锅店一开张就火了一把，晚报上登出大篇文章《诗人火锅店诗意沸腾》。这文章让“罗吃佳”一时间人满为患。“为患”二字从何谈起？看的人多，吃的人少，看的把吃的都挤跑——这算不算“患”？有啥看头？门匾是本城诗画一绝的大诗人题写：日昌晶。三个字什么意思？只知原来有个饭铺名叫“口吕品”。这多加了几横，怎么讲就值得一看。还有对联，也是绝对，叫好的人不少，说看不懂的也多。比方说：腹中精料诗书画，锅中热情天地人。再比如：百味一勺精神气，千盅半行意趣象。门匾对联都是雅品，菜单更是罗诗兄诗人天赋的展示。佳人玉臂——藕片、爱情手巾——毛肚、青玉案——黄瓜条、分外香——黄花、薛蟠赋诗——牛鞭……就这样，热闹了一个星期之后，罗诗兄的火锅店冷清下来。这让罗诗兄十分困惑。请教朋友，才知道他又弄错了。这“罗吃佳”太雅，如果不是写诗的人，进了门摸不着头脑，心里发毛，一看菜单就抬屁股走人。写诗的朋友，穷要面子，白吃不好意思，白吃一顿两顿说是捧场来了，第三次就不好意思不掏钱。真要掏钱，他们宁肯掏钱看刘嫂的阿庆嫂式的笑脸，也不想读罗诗兄的诗意菜单。不到两个月“罗吃佳”诗歌火锅店就死硬了，关门。

罗诗兄的故事到此就该完了，但这么完了，罗诗兄就太惨了点，也不该让诗坛再加上一个悲剧故事。后来……

后来，罗诗兄请教了一个高人，把火锅店变成了酒吧间，取名“罗亭酒吧”；而且请了两个晚报娱乐版记者，写了一篇悲情报道：“让情人告别爱情，让诗人告别诗歌——罗亭酒吧酷在伤痛处。”宣告酒吧一是为分手的情人服务，二是为决心不写诗的诗人效力。文章一出，罗亭酒吧一开张就门庭若市，而且经常是情人们和诗人们争座位发生斗殴，让传媒兴高采烈地进行炒作。一段时间内罗诗兄的见报率仅次于周润发。不知为什么，分手的情人越来越多，搁笔的诗人也越来越多。罗诗兄在商场得意之时，也为情场如此多的失败者、诗坛如此多的落马者大惑不解。后来，他发现，他的顾客都成了老顾客了，究竟是分手分不开，还是告别别不了？都不是，是什么呢？是情场分手的人，都在分手后选择了埋头写诗，写失恋的诗；是告别诗坛的诗人都忙着找情人，而且总是找到失败为结局的情人。

“唉，想不到，我还是在为先锋诗人们当后卫哟。”罗诗兄长叹一口气后，埋头数钱。

三缺一

三个人坐在一起聊天，因为三缺一，没办法玩牌。聊什么好呢？就说三缺一的故事吧。

头一个说：“我讲的这个三缺一的故事，也是打牌的事。市文联里的熟人，就不说名字了，叫老缺，行不行。老缺是个老作家，单身汉。邻居是个三口之家，户主王先生也五十多岁了，还有一个续弦的妻子快四十岁了，带过来一个女儿，不到二十岁，待业在家。这家的三口人都爱摸麻将，三缺一，就常常把邻居老缺请来，一起玩。老缺的手气好，一个对三，常赢。老缺说不是他的手气好，是这家人牌风好，不出老千，所以他总盼着和这一家人玩牌。玩够了，起身说：‘下星期再来。’出一个门再进一个门，睡上一个好觉。常在这么一起玩，也就玩出了感情。这里头的变化我就说不清了，只是那女人带着女儿一起搬到了老缺家，他们成了一家人。一家人过得还好，只是从此就不说打麻将这件事。到了过年的时候，不打牌好像没有个过年的样子，老缺就说：‘三缺一，把老王请过来打牌吧。’老王也没推辞，四个人打了个通宵，熟人熟道，也就忘了彼此的芥蒂。天快亮了，老缺一抬屁股说：‘下星期再来。’转身一个人走了，出了一个门，再开第二个门，钥匙捅了半天，就是打不开。这边三个人也愣在桌子旁，不知说什么好。后来呢？啊，后来，老缺还是单身，那女人又和老王过了。没吵没闹地重回旧道。你猜为什么？原来四个人都说，第二回老王当上三缺一，大家打起牌来，都找不到感觉了，于是，都认为还是头一种三缺一的组合好。”听了这个故事，两位听众感叹不已：“哎呀，都说赌场得意，情场失意，这又是一解，牌友高于情敌。”

第二个又讲了个三缺一的故事：“我讲的是个老套的故事，只是请耐心听下去。有两个写作的朋友，写什么的？说写诗的，对号入座的一定多，就说是写歌词的吧。一个姓张，叫张歌。一个姓何，叫何词。张歌出国前，把自己原先的女朋友介绍给何词，请他多关照。这一关照，就关照成何词的女朋友了。何词觉得过意不去，写了一封很好的致歉信。张歌收到信后，大喜，自己策划的大撒把成功。于是张歌立刻在日本（或是美国）找了一个外国阔佬的千金良子，吃上了洋人的软饭。这个消息传回国内后，何词发觉自己原来是当了个二传手，他不动声色，依旧与张歌电话加传真继续联络友情。后来张歌想到国内发展，收购唱片公司，包装歌星，把自己的歌词推向世界。计划宏伟，张歌把良子先派回中国，以外商老板的名义，打前站。张歌给何词一个传真，何词便到机场去接未来的董事长夫人了。两个月后，张歌给何词打电话，说他马上回国。何词说：‘好啊，你回来刚好能赶上我的婚礼。’‘祝贺你，我一定赶回来，你告诉我的女朋友，让她先代我送给你一份礼物。’两天后，张歌一下飞机就给何词打电话，知道婚礼正在酒店进行。到了酒店，只见何词与那位良子小姐身着礼服婚纱，而他的第一个女朋友正在当伴娘。何词迎上前去，双手拥抱张歌：‘你来了正好，你看我和良子结婚，三缺一，就差你这个老朋友来当证婚人了。’”讲到这样，两个听众唏嘘不已，忙问：“后来呢？”“啊，后来张歌与原先那位破镜重圆，在良子资助下出国定居了。而何词成了歌坛大腕，包装何词的资金自然是由良子出，歌词据说是张歌给他当枪手，因为大家都发现他歌词里的‘西方资源’太多，有股酸奶油味。”

该第三位讲了，第三位想了想，说：“这样吧，三缺一打牌的事，你回去拉一个本子出来，风格就搞成个室内剧，二十集，名字就叫《三缺一，缺的是你》。第二个关于三缺一搞三角的事，你回去也搞个电视剧提纲，也二十集，名字就叫《三缺一，缺的是谁》。”

不久，各电视台就刮起了一股“三缺一风暴”。

粑耳朵

说起粑耳朵，友人来访说起他还是那样，当办事员。几十年过去了，还在原来的位置上，等着退休。这让我很惊奇："我认识他那阵，他猴急着想升上去，怎么，还没有圆满？""还是那样，新领导一来，第一个扑上去的总是他；新领导待腻了，第一个腻歪的也是他。"我笑了，我想起友人说过的话："新领导上任，第一批冲上去的准是'坏人'，而他是坏得不够水平的人，因此，也是新领导变成老领导后，第一个进冷宫的'老实人'。"

粑耳朵姓什么，没有人提，据说怕老婆怕得出了名，得了这绰号。他也不生气，一叫就应，笑眯眯的一声"哎"让你觉得对这样的老实人，要欺负他，就是罪过。有一次，头头问我对同事的印象，我把我对粑耳朵的看法说了。头头笑了笑，只说了句："他是个上进心太强的人呀！"我没明白这是表扬还是……他在同事中算是老人手了，一正一副的头儿后面，好像就该他了。"储君"难当啊，我心里想。不到三个月，单位出事了。

副头儿因为爱舞文弄墨，社会上有点小名声，这一回撞上批"自由化"，有人把副头儿写的文章在省报上批了一通。这在当年也算是个大事，放到今天就没什么了，只会让副头儿一举成名。批判文章登了，据说刊登之前正头儿还到报社去了一次，去干什么？同事们都在猜测。粑耳朵的一个朋友从报社传出话来："你们的一把手同意发表这文章，只是把你们单位的名字删掉了。"放下电话，粑耳朵立即把这话告诉了每个人，他的两只耳朵开始发红，然后两腮也红起来。他来回踱步，看表，然后说了声："我有事，早半小时下班走了啊。”跑出了办公室。第二天，上班时我们每个人的办公桌上，都有一张昨天那份报纸。粑耳朵一本正经地打开那报纸，全神贯注地读啊，好像办公室里没有其他人。这时候，我看见正头儿进来了，他环视一周，把两眼落定在打开报纸的粑耳朵身上，嘴角透出一丝不冷不热的笑，转身走了。看见这笑，我知道粑耳朵这一回没戏了。

新来的副头儿，年轻气盛。粑耳朵很快就得到了新头头的好感。同事们也感到，粑耳朵似乎把上进的希望放到了新领导的肩上。他对一把手说话时再不弯腰了，把弯腰的动作留给新副头儿。这变化没有半年，粑耳朵又把自己变回来了。一弯一直的形体语言告诉我们每个人，单位的政治风向有了新突转。正是夏天，单位从下面调了些人来办学习班。学习班除了学习，还有休闲度夏的意思，所以，大家都到郊区旅馆的学习班上学习去了。两个头头是单间，我们都在学习期间忘情于山水。这一天，上午学习文件，新头儿感冒了，没有参加。大家在山间凉亭里学文件，有上头的精神，有山泉叮咚，有鸟鸣蝉唱，别有情趣。突然，一个旅馆工作人员气喘吁吁跑到一把手跟前，在他耳边说了句话。一把手站起来，叫上粑耳朵和我们几个工作人员：“我们有点急事，学习班其他同志继续读文章，好了，走吧。”我莫名其妙地跟着一把手回到了旅馆。只见头头直奔副头儿的客房，敲门，没有人应，门从里边插上了。此刻，只见粑耳朵变戏法似的端来一只方凳，放在客房门口，嘟起嘴，竖起食指，指了指门上面的玻璃顶窗。他的意思是让一把手爬上去看。他这一指头，让一把手气得扭头就走，甩下一句：“你端来的凳子，你就坐在上面守着他出来！”

说话时，他的嘴角又透出那丝不冷不热的笑来。后来，粑耳朵坐在那凳子上没有？新头儿和一个女学员怎么走出房间的？都不清楚。但我清楚，粑耳朵这一回又没戏了！他怎么想起去端一只方凳呢？

粑耳朵其实也是个老实人。如果第一回不急着掏钱给每个同事发一份报纸，如果第二回没有去端那只凳子，他上进的愿望也许就实现了。他只是上进心切罢了。一心切，就在关键的时候憋出点小错。唉，小错不小，误大事也。

友人想给我讲在我离开这个单位后粑耳朵的故事，我摇摇头："别讲了，回去见他就说，我还念着他。他不是个坏人，没能上进，就够难为他了。"此刻，我心里还在替他惋惜，他怎么就总在最后一分钟时憋不住呢？

2009 年夏整理修改于北京

下辑 风吹岁月

童年片段

深圳的作家协会主席李兰妮，一起开会时，送我一本她的新著《旷野无人——一个抑郁症患者的精神档案》。读了，受益匪浅，这个世界还有这么复杂的心理问题。我觉得，我还不是一个抑郁症状严重的人，但我也想给自己当一回心理医生。那些幼年受挫感最强的事情，抑或是让人一辈子难忘的事情，细细思量后才知道那叫尴尬的事情，想一想，还真有那么七八件。

头一件，是兔子的事。那时还没有上幼儿园。随父母南下，住在长江边的小城泸州的一个招待所里。解放初期，招待所里都是穿军装和列宁装的人。我们是从武汉沿长江入川，在泸州上岸，父母在等待分配工作，在招待所里住了不短的时间。招待所不大，一幢小楼一个小院，大人都忙，没事可干的，只有我，还有所长的一群小兔子。记得小兔子，是因为出了大事故。小院的墙角堆着一堆空木盒，好像是电灯之类电器的包装盒，整齐地码放在墙角，这些木盒成了我的玩具。一天，正玩小兔子住楼房的游戏，把一只只小兔子放进木盒里，再把木盒子原样码放整齐。正玩得开心，大人叫，便跟着大人出行了。大概过了好几天，所长见我和母亲，说道：真奇怪，小兔子不见了，跑了，还是叫人抓走了？听到这话，我突然想起几天前把小兔子塞进木盒的游戏，自己害怕，大哭起来！后果很严重，死了不少小兔子。我开始知道人是会做错事情的，自己也会是“坏孩子”。

第二件事是蛮蛮的事。我随母亲到了成都，还没有办好进保育院的事项，便和同院的孩子一起玩。邻居与我差不多大小的男孩叫蛮蛮。那时，逢年过节，天上会有飞机撒传单，红红绿绿的纸头，在空中飞舞，十分好看。那时老百姓没钱订报纸，有收音机的人家没几户，所以政府用这种办法搞宣传，一是喜庆，二是把口号和政策印在传单上，也让老百姓知晓。传单在空中飞，孩子们心里就痒痒。传单下面的街巷里，总是一群群的小孩追着传单跑。蛮蛮从小没出过院子，我却没有“院子”的概念，拖着蛮蛮便和一群大孩子一起去追传单。不知道跑过了多少巷子，和蛮蛮也跑散了。我捏着几张传单，回到院子里，所有的人都在问我：“蛮蛮呢？”蛮蛮丢了，找不到家，后果很严重！全院子的人忙了两天，那时没有电话，没有广播，没有报纸，只有去一个派出所又一个派出所。还没有等蛮蛮找回家，母亲赶紧把我送进了保育院。等到蛮蛮从派出所找回家，我却进了保育院，那是所有孩子开始失去欢乐的地方。

保育院在一所老宅里，主人原是个大官，宅子不小。插班进去读中班，没有多少人理会我，一个人在一群人中间，比独自在家更孤独。这一天，还出了个事故，因为没有人告诉我厕所在何处。保育院是临时在这所老宅里，新保育院正在郊区修建，所以，厕所是在一所大房子里放一排小马桶，早上孩子起床第一件事就是坐马桶。我是新来的，不知道这个特殊的厕所，好不容易找到放马桶的房，门上还挂着一把锁。后果很严重，我拉在裤子里了。

这件事让我大失面子，让班里的小朋友嘲笑了好多日子，让我知道融入“家”是真好，家里不会发生嘲笑自己的事情，而融入一个新集体是件不易之事，第一课就是在嘲笑中面对陌生的脸。

第四件事情，是上育才小学一年级。我发现我前排的那张桌子，比我的好，还有一个钥匙扣，我立刻动手，将这张桌子换过来。第二天，前面那同学发现自己的桌子被我换了，便与我打了一架，他个头比我高，我吃了亏。老师也不向着我：“怎么见着好的东西就想要？别人的桌子好，那也是别人的，知道吗？”后果很严重，开学第一天，这就是学校第一课：自己喜欢的不一定是自己的，这个世界除了自己，还有许多“别人”。

育才小学是省政府的子弟学校，学生都住在学校，学校有两种管理学生的人员。负责管理生活的叫阿姨，阿姨大多是南下干部一些文化程度低的家属，她们岁数大，对孩子也厉害，孩子们都不喜欢她们。教书的叫老师，老师都是部队文工团和青年学生中招进来的。老师年轻漂亮，比方说我们的雷老师就是从部队文工团转过来的，班上的同学都喜欢她。我的母亲有次出差到北京开会，星期天是她带着我逛街，和漂亮老师一起在大街上走，开心地忘了周末没有人接的滋味。后来我们发现有一个男的常来找她，同学们十分讨厌他，便觉得雷老师是个“叛徒”。我二十年前写了一篇小说《星星的河流》，就是写小男孩的这段经历，不叫失恋，也不叫失意，反正后果很严重，知道世界上还有这样的事情，你喜欢的人会去喜欢你不喜欢的人，而你没有办法改变它。

这些事，都可以说发生在“不懂事”的童年，大人们原谅了自己，就是认为自己“还不懂事，是个孩子”。然而“不懂事”，其实是很严重的问题，后果很严重，别人可以忘记，可以不说，可以不追究，但自己却不会忘了，因为这些事，让我觉得做得不好，也很没有面子，让自己看不起自己。重要的是“懂事以后”还会做错事，让自己真看不起自己，想起来，有一件事终生难忘。

那时读中学，学校里搞运动，发动学生给老师贴大字报，我是班干部，工作组要求干部要带头。怎么办？写老师“反党反社会主义”？不行！写什么呢？于是写了一件事，到老师宿舍交作业，发现已经毕业了的高年级女生躲在老师的门背后，我就写了这事，批评老师对同学“有亲有疏”。后来才知道，这比“反党反社会主义”后果更严重。“反党反社会主义”可以从宽，我说的这件事，工作组却兴趣盎然，直查得老师和那位毕业了的学生结了婚为止。这件事，老师还是用“不懂事”的理由原谅了我，但我觉得其实我完全可以不写这屁事嘛，为什么写？那时候，比这严重的事情“和父母划清界限”这样的事都做了，也并不觉得做错了，因为那是一种“表态”，是父母要求自己做的，是“革命多年的经验”，因为只有这样才能帮助困难中的父母做事。但这件事，真的是“不懂事”，因为自己已经不是孩子了！“不懂事”这三个字，对于一个孩子是理由，对于一个少年是责备，对于一个成年男人则将是不可原谅的鄙视！

不要做事后会让自己看不起自己的事！——这就是童年那些执拗不肯让我忘记的小事大事糗事，其中的自责、无助、尴尬、失意和酸涩，一次次在提醒我……

蝈蝈、骨牌和草蛇

我最早的自我游戏，有点像砌搭多米诺骨牌。那时，父亲在大学任职，很大的房子，很空的家，很少的人，少到经常就我自己在家。平时，我不与父亲住在一起，我上寄宿学校，周末回到母亲那里，母亲在城里的机关上班。只有放假了，才到父亲那里住一段时间。

父亲所在的学校，在成都西郊的光华村，20 世纪 50 年代初，就是建立在乡间田野里的一所大学，连学校的围墙都是竹篱笆。大部分的校舍都是平房，最初还有不少草舍，到了 1956 年和 1957 年，才变成了青瓦盖顶。1957 年夏天，到父亲的单位度假，就像下乡，住两层的小楼，一出门，完全是乡村景象。父亲身边一直配有警卫员，给大学校长配警卫，可见天下大定不久。警卫员姓张，叫张余祖，之后两年又改叫通讯员。下班没事了，就带着我们捉蝈蝈、抓知了。那时的蝈蝈真多，一早出去能抓几十只回来，把蝈蝈放在玻璃窗和纱窗之间，那是最好的蝈蝈笼。蝈蝈爱叫，晚上一起叫起来，能压过外面的蛤蟆声浪。我就在窗户上拴一个小棍，一头捆上绳，绳的一头引到床头。晚上睡觉，被蝈蝈的“百家争鸣”吵醒了，拉一下绳头，咚地敲响了窗框，霎时万马齐喑，继续睡太平觉。

在乡下度假，鸟啼蝉鸣，风清气爽，常睡得日上三竿不觉晓，醒来，恨那大好时光昏昏然过去，不甘心。于是便在闹钟上下功夫，不仅要有响声，还要有动静。那时闹钟都是机械型，小铁锤当当地敲钟上的小铃，叫“双铃马蹄闹钟”。在闹钟小锤上系一根丝线，线的另一头摆着一排骨牌，骨牌的另一头，放个皮球。铃声一响起，丝线一抖动，骨牌一个接一个地倒，骨牌先是被动挨打，然后又去打击下一张骨牌，传递着力量和不安，最后一张骨牌把力量传给皮球，滚动的球最后砸在脑门上，起床了！这是孩子的游戏，我从这个游戏中发现我的智慧，我觉得我能当物理学家。那阵子，我爱读苏联版的《十万个为什么》。

张余祖这个通讯员的名字能叫我记住，实在是件奇怪的事。许多更熟的同学、同事和朋友，名字都忘了。他只是和我度过了两个假期，竟然烙印一样忘不了，因为他会捕蛇！晚上他带我出去散步，手里总是提着细竹棍，专门用来打草惊蛇。他说不小心踩上草丛里的蛇，会有危险。有一回，草丛中惊了蛇，它不逃走，反而向张余祖扑过去。说时迟那时快，他手一挥，捏住了蛇的七寸，将那青蛇提起来，一扬臂远远地丢到小溪那头去。后来，他告诉我，他父亲是卖跌打刀枪药的郎中，专门抓蛇、蝎、蜈蚣等毒虫制药。他从小就抓这些虫豸，习惯了。

这本来是件不大的事，但对一个小孩，印象深刻。印象再深，能记住他的名字，还在于这个夏天不平常。那时，在校园里散步，看见教室里常发生激烈的争论，争得白热化了，就会有人被架到讲台上，低头听别人的呵斥。后来才知道，学校在搞反右斗争了。多年来，一说到反右，常有人提到那句“引蛇出洞”，于是，我就想起那个郊外乡下的晚上、那个能抓蛇的张余祖、那个他爹教给他的打草惊蛇的“夜行人”路线。

“引蛇出洞”要比打草惊蛇更具政治斗争的色彩、更“阳谋”，这种事情，是不能干第二次的，无论是谁！蛇在洞里，蛇不伤人，何必伤之？有毒无毒，一律灭杀，是蠢是诈？何况，一旦世上蛇被扑杀，鼠辈必然疯行无忌！更重要的，我倒觉得那个夏天在我的记忆中有两点值得反思。一是我小小年纪，怎么就想到把所有的蝈蝈关进纱窗里呢？一面是玻璃窗，让蝈蝈们感到风景如画前途光明，另一面是纱窗，让它们空气清新自由呼吸；一旦蝈蝈们放声歌唱自由争鸣，我又给它们敲一棒子！二是我小小年纪，怎么也会玩骨牌游戏？看“令如山倒”，一倒都倒，被人打击者，再去打击别人，谁都是链条中的传递者，这不是在建造一种“机制”吗？

那个夏天过后，我再也没去这所郊外大学的校园里度假了。第二年，我的母亲从省城下放到偏僻的大凉山“锻炼改造”，一年后，留在了当地师范学校当一名语文老师。母亲回不了省城，我便坐了三天的长途客车，去了大凉山，和母亲做伴，在大山深处开始了底层少年的生活。

我童年生活最后一个夏天的记忆：蝈蝈、骨牌和一条草丛里的蛇。

老 庙

中国的风景大致都一样：河边有山，山上有庙，庙里住着老和尚。一到这种风景地，我就想起我住过的一座老庙。这座老庙所在的地方，现在有许多人都知道——西昌。我在那老庙住的时候，西昌还是个无名的边地小城，那城边有个美丽的高原湖，名叫邛海。邛海的西南侧，是一座风景秀丽的山，叫泸山。泸山风水好，从山底到山顶有一脉，树木特别繁密，远处望去，高大的树冠起伏如浪。在这树浪中，错落有致地有大大小小十来座寺庙，从山脚到山顶，隐约可见，让人想起仙山琼阁这个词。

我进庙不是出家。“大跃进”后，破除迷信，把老庙里的老和尚们遣散了，剩下个空庙，挂上一个牌子：西昌专科学校附属中学。我和近二百个初一新生，接了老和尚们的位子。“大跃进”年代一切都那么敢想敢干，除了老和尚念的那本经与我们念的不一样外，庙里其他的变化不大，所以在我前半生里，有了住庙的经历。学的那些课本大都诚心诚意地忘了，留在记忆中的是一年多的庙里生活：笕槽、菩萨、臭虫、花豹、老僧……

老庙生活最先给我留下印象的是引水的笕槽。我从成都随下放的母亲到西昌，又从家里进了老庙。说是“大跃进”年代，我个人的生活却一下子退了八百年，也就生平头一回知道笕槽这种东西。山泉在高山顶上，多年以来，人们把碗口粗的棕树一剖为二，然后掏去树心，形成一个长槽，槽与槽相接，水就越沟过坎，跳崖穿涧，流进老庙的灶房。简槽是一槽搭在另一槽上的，如果其中一根被风吹落、被动物撞掉，老庙立刻就会断水。我到庙里最早的勤务就是去查简槽。全校师生饮水就靠简槽引来的那股潺潺细流了，一天断流好几回，上山去查水是没办法的事。上山查槽，在槽的两边，因为常有水流滴注，所以树草丰茂，苔厚路幽。那些简槽不知是哪个朝代的物件，锈满木菌和青苔，像百年老人的手。这使我感到一种恐惧，想起这原是一座老庙。

老庙里的和尚被遣散了，那些泥胎的菩萨还继续留任。没有了香火，就没了神采。没有人来诵经敲磬，就没有了威严。文菩萨和武菩萨都一个个呆坐着，在我们的身边，当留级生，听不进三角代数、政治经济，现在想起来，觉得真是如从第一线“退休”下来的一些人的神色。在位和不在位不一样，在位有香火和没香火也大不一样。我觉得在老庙里上那些课没白上，就因为好好看了那些坐在身边的菩萨面孔，想到了另一种菩萨心肠。

老庙在大山上，于是常和野物相遇。那时国家极其困难，每月定量配给二十一斤粮、三两油、半斤肉，市场上买不到任何东西。每天都处在饥饿状态，只好上山挖山药充饥。那地方山药叫黏口苕，长在山间石缝里。我们下课带上小锄去挖。这小锄，把儿只有手臂长，锄口只有一寸宽，是山里人挖药用的，在石缝里掏山药比较顺手。挖山药会遇到野物，猫头鹰、狼、麂子。开始怕，但饿起来，也就不觉得猫头鹰的叫声和狼的眼神恐怖了。有一天半夜里，一对金钱豹闯到老庙外，在通往厕所的后门叫了一夜。

全校师生都被那叫声吓醒了。当时我和三个同学就住在后门旁的一间小屋里，我们竟没有一个人醒来。第二天早上，听见大家对那种声音的描绘，看见住房外十分清晰而硕大的爪子印，我们再也不敢上山挖山药了。

在老庙没有被花豹吃了，却被臭虫们饱餐了许多次，应该说，从生下来到现在为止，老庙的臭虫我认为是最狡猾、最疯狂和最可怕的了。刚进庙，不知庙里有臭虫，在和尚们原先住的楼上，把地板扫干净，打个地铺就睡。半夜浑身火烧一样地痛。点上煤油灯一看，身上已被咬肿了。掀开枕头，还没有来得及撤退的臭虫就有十多个，用油灯照一下墙板，新开来的臭虫大军排成队地前进着，用油灯一燎，烧得啪啪响……第二天我发高烧，打针吃药一个星期才缓了过来。之后，就逃到后门旁的那间小屋，闹豹子后，我也没敢撤回到那老和尚们住过的楼上去。

这就是老庙留给我的印象：比和尚厉害的是赶不走的菩萨，比庙里菩萨厉害的是庙外的花豹，比花豹厉害的是真咬人的臭虫，比臭虫厉害的是不怕咬的老和尚……

喝凉水

人生的境遇有时真的很难说清，说不清就把它叫作“运气”，斯文的说法：“运交华盖欲何求，未敢翻身已碰头。”老百姓的大白话：“人倒了霉，喝口凉水也塞牙。”喝口凉水也塞牙，说得够透彻。

喝凉水也塞牙的经历，前半生遇到过，不是比喻，真是喝凉水引出的故事。

是纷至沓来的坏运气，让我从“蜜罐”掉进了“凉水”里。50 年前，我刚上小学不久，上的是四川省政府的干部子弟小学育才小学，育才小学与原来的“延安育才保育院”有点瓜葛。上小学我是从保育院直接升上去的，保育院不是延安的那所，叫成都育才保育院，也是供给制，穿的是小皮鞋，发的是毛呢小大衣。在 20 世纪 50 年代初，一个政府公务员每月伙食费就是六块钱的时候，这所学校算是够资格的“贵族学校”了。校长是延安来的老革命，慈眉善目，说话慢悠悠的：“我们打天下为了谁呀？就为了你们这些下一代呀！”在这一群下一代中，我算半个。因为母亲在这个时候，已经被开除了党籍，降为教育局的中教科长，父亲还在领导干部的位置上，所以勉强地进了这所学校。

在学校是一样的，周末放学就不一样了，大多数同学都有小车接走，我和同班的纪小平结伴走回家的时候多，记得他的父亲是省委机关卫生所的头头，没有坐小车的资格，而我回母亲处过周末，离学校不远，走半个小时就到了。两个小朋友自由自在地逛街回家，是很开心的事情。路上也有不开心的时候。遇到其他学校放学的小学生，我们的校服一下子就让我们成为嘲讽和讥笑的对象："小皮鞋嘎嘎响，龟儿的老子是官长！""育才小学，没有脑壳，装个醋罐，酸得牙脱！"附近小学的孩子们都会唱这种针对"贵族学校"的民谣，为什么脑壳换成醋罐子呢？因为我们一半以上同学的父母，都是晋绥南下干部，他们食醋的喜好，大大提升了这座城市对食醋的需求，也给这座城市鲜明的味道刺激！

这种穿在孩子身上招摇过市的"特殊化"，在 1957 年开始的"整风运动"开始后，首当其冲，我第一次听到了"八旗子弟"的说法，很快地学校作为整风成果停办了，我们分别转到了不同的学校。我和另一个同学赵小明转到了二师附小，这是市重点小学。我从进学校开始，就像充军的囚徒，也像前些天的"非典"疑似病人，天天受训，姓廖的班主任挂在嘴边的四个字就是"八旗子弟"。这是我人生第一次感到落差。也许这是极正常的社会情绪，小学生嘴里的民谣和廖老师唾沫四溅的训话，都是有道理的，只是不该让我们来"纳谏"而已。

如果故事到此完结，就不算倒霉，更没喝上凉水。事情很快急转而下。整风变成了反右，反右的下一幕是"下放锻炼"，我的母亲不是右派，但"犯过错误"的历史，让她也被下放到大凉山去当一名中学教师。母亲下放后一年，眼见她短时间回不了省城，于是我转学去了大凉山，陪伴孤身一人远在边远大山里的母亲。

这是我人生最重要的转折点，我曾经有过的一切都消失了，我进入到一个我从来不知道的蛮荒边地。从成都到大凉山的西昌城，要坐三天的长途汽车，第一天到达了雅安。这是原西康省的省会，一座十几万人的小城。那是“大跃进”后的头一年，在成都还没有闻到灾害的气味，在这座边城，餐馆里已经没有米和面条供应了，所有的都是红薯，蒸红薯，煮红薯，红薯馒头，红薯包子，弥漫的红薯味现在想起来都有一种可怕的预兆，在饥荒到来之前的警告食欲的气味！第二天到达了大渡河边的石棉城。大渡河让人想到石达开，特别是老道奇客车在险峻的半山掏出来的公路上爬行，旁边是湍急的大渡河，不能不想到石达开。石棉是座矿区的小镇，因为附近有个石棉矿，便有了这小镇。小镇的小旅馆还没有电灯，昏黄的油灯下，可以看见满是污渍的被褥。我感到远离城市的恐惧，这一夜没有脱衣服，和衣躺下，直到清早听见旅店外的汽车引擎发动的声音。是啊，这一辈子天南海北走过不少地方，但这一次旅程终生难忘。有了这两天沉闷而又寝食难安的旅程，当我到达大凉山的西昌城，荒凉和贫寒的景象好像已经不再让我吃惊了。

母亲在距县城十多里的师范学校当老师，我就在附近的乡村小学读最后一年的书。一年后，我因为长期腹泻回到成都看病，医生问：“吃饭好吗？喝水清洁吗？”我老老实实地说，在西昌，大家都每天吃两顿饭，早上要饿到 10 点，在学校上了两节课放学回去吃饭，下午放了学早早地吃了晚饭，真不习惯。还有，从来没有开水喝，就喝山上接下来的水槽里的水。医生听完我的话，对陪我看病的大人说，不用吃药，每天吃三餐，喝烧开的水！而这两条，在1959年的西昌，对一个下放到山区的中学教师的孩子来说，答案是办不到！

不到三年的时间，我从“贵族学校”的住宿生，变成大凉山深处山区学校的喝凉水的孩子。当时我有选择：寄人篱下地留在成都，还是回到大凉山继续喝凉水？我选择了回大凉山。我对劝我留下的亲人说：“不就是‘水土不服’嘛，喝惯了，也许就会好了。”是啊，我遇到的第一个人生问题，竟然是“喝凉水”！是不喝了还是要把它喝得“服水土”？半个月后我再次独身返回大凉山，去陪伴母亲，做出这个决定的我那年11岁。

故事在水波的底下

眼前是一派波光荡漾的湖水。湖面不算宽阔，因为四周的高山环抱着它，所以，我们站在山坡上，能清晰地看到这高山湖泊的边缘。四周的高山、湖边的坝子田野，构成奇绝的美景。说这湖不算大，走一圈也有百十里路。望山跑死马，在高原这句话一定要记住，因为高原抬高了我们的视线，所以我们看得更远；因为高原的空气更加清澈，所以远处的风光好像就在面前。连那天空的云也格外地美丽，高山气流多变，云的姿态也丰富而多变，而且轮廓分明，所以，有观光者到这里，就是为了看云，叫作观看高原云象。

我站在这里，我看到的和同行人不一样，因为他们是初来的客人，而我是重返少年的时光，也就是说，是重返四十多年前的岁月。那时，我的学校就在这座大庙里，现在大庙修葺一新，进门要收十元钱门票。而我在这所大庙读书的时候，大庙破败得只剩下几个泥菩萨了。山脚下的西昌专科学校办起了附属中学，没有校舍，就把我们这近二百个初中一年级的孩子送进了大庙，不是出家，也不是习武，而是坐在菩萨的旁边读书。

不知道那些和我一起在大庙里与菩萨一起读过书的孩子，还记得大庙里的故事吗？我曾在一篇叫《老庙》的文章里写过它，写它的破败与荒凉，写它墙缝里厉害的臭虫和山门外的花豹，当然，留给我印象最深的是，它让我记住了一个饥饿的年月。站在这油漆一新的山门外，一阵饥饿的疼痛又咬住了我记忆的引线。怎么能体会到一个孩子曾有的饥饿感呢？好哟，讲几个我永远不会忘记的细节吧。

半勺玉米粒。那是一个下午，我和两位同学被指派参加勤工俭学劳动，协助食堂管理员去城里拉一车粮食回来。从学校到城里有 15 里路，人力板车空车去，一人拉两人坐，不累。回来时拉上三四百斤大米，管理员在中间，叫作驾辕，我们各在一侧帮助拉，也还行，不算累。但出了力，就更饿，傍晚回到学校，一人一碗菜汤，比平时不参加劳动的菜汤稠，有菜叶了。主食是煮玉米粒，一人四勺。打饭的大师傅后给我打，打第四勺时落下去几粒，师傅又给我添了小半勺，大概就二三十粒。如果是大米就数不清了，玉米粒大，能数出来。大师傅把碗递到我手里的时候，同行的那位同学突然放声大哭，把在场的人吓了一跳。“怎么了？”同学依然大哭，委屈得直抽搐。问了半天，他才说：“我……我为什么……少……少了半勺！”也许今天的人听了会觉得太小气了，但那天管理员很认真地调查了此事，我们俩都没有动筷子，用一杆小秤，把两只碗里的玉米分别称了。大师傅手真准，两碗玉米竟然差不多一样重！大家这才相信了大师傅解释“破例”多加半勺的原因。在饥饿成为每个人每天最强烈感受的时候，半勺玉米让一个男孩号啕大哭是所有人认为十分正常的事情。那时所有的学生都在学校吃饭，八个人一桌，每天值班的同学负责分饭，分饭的工具是一杆自己做的小秤，像中药房抓药，把米饭分进八只形状各异的碗里。这是一件很严肃的工作，如果一个人当值之时分饭不公，要了小聪明多占了别人的便宜，这是最大的事情，他会没有朋友：“这个人连分饭都要搞鬼！”

饥饿让人变得小气，也变得没有尊严。这是一件让我回忆起来都要脸红的事情。大概是过国庆了，山下的专科学校领导上山来看望学校里的老师。老师也在大庙里住，老师也吃食堂。山下的领导给老师们带了几斤肉、干海带和一些干菜。那天中午老师第一次不在大食堂打饭，而是在老师开会的小会议室聚餐。也就是三桌人，每桌有一碗肉、几碗菜，主食是每人面前的一碗米饭，分量比平时多一点。今天看来，这是太正常的小聚会了。过节嘛，领导来慰问嘛。但那天的情形完全出乎人的意料。所有的同学，都不去食堂了，都围住小会议室，里三层外三层。我也傻呆呆地站在会议室外的院子里。没有人召集，把所有学生召到这小会议室前的是肉香味！是进了学校就没有闻到过的肉味！都是十二三岁的孩子，闻到这肉味就傻傻地站在那里。1960 年的国庆，在我一生中都不会忘记，因为从老师的会议室里飘出来的肉味。也许反差太大了，一座古庙，一群孩子闻到了肉味。也许今天的人永远不会明白，其实，我可以说出当时孩子们的心情：“多香的肉味呀，为什么没有我的？哪怕一片肉，哪怕一勺汤？为什么？”孩子们不会明白坐在里边的老师们的心情，静静地站着。一分钟又一分钟过去了，会议室里的老师没有一个人动筷子，会议室外的孩子没有一个人说话。空气都凝固了。最后是一位女教师忍不住了，她哭着从会议室跑出来，打破了这场可怕的沉寂，结束了“包围会议室”事件。

这就是我的初级中学，一座古庙给我的记忆。今天我站在这修整一新的“名胜古迹”面前，青山在后，碧水在前，而记忆就像面前湖水波浪下的鱼，重新游进了我的生活，那半勺玉米和可怕的肉香味引出的“安静骚动”，让我再一次回到1960年：一个坐在泥菩萨旁读书的孩子，他眼前的青山绿水都没有引起他的注意，他在看从窗缝里投进来的那缕阳光，那阳光再挪两寸，就可以吃午餐了……

细雨霏霏中的碉楼

往事像阴雨天里的蘑菇，一簇簇的，又分不清，于是你觉得你是一棵老树了，老树与细雨也许就是人生一种境遇？电视上正在播广东省开平的碉楼申报世界文化遗产。前年去广州，专程到开平去看过碉楼，那是20世纪初年，在海外发了财的华侨，回到故乡盖的洋房。一部分人先富起来了，绝大多数的人还在饥寒交迫中挣扎，“一个脚印里站三个贼”，富起来的华侨成了盗抢的对象，无奈之中，一幢幢富宅盖成了碉堡与洋房的结合体。这是建筑中的怪胎，也是半封建半殖民地的旧中国一个畸形的文化产物。

与碉楼相似的建筑，我在童年时见过，那是在大凉山的西昌。我是1959年到西昌的，随下放的母亲从省城到了西昌。1959年，对于中国人来说，是反右运动和“大跃进”的结束，以及“三年困难时期”的开始。而对于大凉山则是解放军刚刚平息了彝族反动土司的暴动，结束了奴隶制进行民主改革。关于这段历史，老作家高缨写过《达吉和她的父亲》，当年还拍了电影，故事是说一个被彝族土司抢去当奴隶娃子的达吉，终于见到了自己的汉族父亲。电影拍得很美，与电影相呼应的，是我在西昌处处都看得见的高高的碉楼。西昌的碉楼与开平的碉楼无法相比，典型的“土楼”。西昌碉楼有三四层高，每层只有一间房的大小。碉楼紧依着老百姓平时生活的用房拔地而起。碉楼的地基是用石头垒起来的，石头地基上的墙体是土坯砌成的土墙。西昌现在是大凉山彝族自治州的首府，在我到西昌时，还是汉族聚居地区，汉人生活在平坝里，彝人生活在四周的高山上。童年时光，从大都市来到边地，夜色朦胧中，那些高高站立在村庄之上的碉楼，让我感到呼吸的空气都充满了恐惧。

这些石头和土坯建成的碉楼，给我留下了很深的印象，因为新奇，也因为高原的风雨让它们满目疮痍。西昌解放后，民族间的隔阂还没有完全消除，但彝人土司下山抢劫的事情基本上没有了。碉楼没有枪炮留下的创伤，却经不住风雨的剥蚀，像一个苍老的守望者站在高原的阳光下。我常常着迷地望着碉楼，在阳光下，它褐红的土墙凹凸不平，粗糙而又沟壑密布，让人感到它已经站得饱经沧桑而不愿说出它的故事了。每一个碉楼都会有它的故事，虽然是土楼，又在穷乡僻壤，平凡得像这里的石头和泥土，真的，就不过是一些石头和一些泥土因为一个愿望聚集在一起而已。碉楼旁长满高原的仙人掌和霸王鞭，这些热带植物，表明这里有漫长的干旱季节。旱季的大凉山河谷地区吹着燥烈的风，这些风把西昌吹得长满了仙人掌和霸王鞭。这些风把大山也吹得两副面孔，阳面迎风光秃秃的焦黄，阴面则被森林涂满墨绿。不过，西昌除了旱季还有淫雨霏霏的漫长雨季。老百姓说了，西昌只有一场风，从大年初一刮到年三十。老百姓还说了，西昌无四季，下雨便是冬。

我是在一个雨季住过碉楼，那是秋天收割庄稼的日子。秋天，处于雨季的西昌迎来了最冷的日子，我所读的初中，奉命下乡去支援人民公社的秋收。住进村里，生产队把我们安排在碉楼里。

进入高高的碉楼，爬上扶梯，四周光线很暗，碉楼没有我们通常的窗户，只有五寸见方的“通气孔”，从里面能看到外面的情景，但小得连头也伸不出去。碉楼高也就不潮湿了；窗孔小，也就不冷了。铺上一层干草，我们便打开背包，在碉楼里住下了。全国性的灾害造成缺粮的恐慌。西昌这个西南高原腹地的坝子，没有什么自然灾害，但要向灾区调拨粮食。粮要调走！这消息在农民中传开，出现了瞒产和隐藏粮食的事件。派我们“支援秋收”，就是在各个要害位置监督生产队“颗粒归仓”。至今难忘，我站在霏霏雨水中，头上戴着一只斗笠，高高挽起裤腿，赤脚站在田埂上，看着农民在雨里收稻、脱粒，然后挑着一担湿漉漉的新谷子，送到粮站去。在送到粮站的泥泞道路旁有我的同学，在粮站收谷的水泥晒场也有我的同学，在烘干湿谷子的现场还有我的同学，直到这些谷子装上“支援灾区”的大货车。

这是一个最漫长的雨季，那些雨丝一直停留在我的记忆中。这也是一串最漫长的夜晚，那些日子，在碉楼里睡觉和休息，没有电灯，昏黄的煤油灯也只在睡觉前点亮一会儿，滴滴答答的雨声浸透梦境……

前两年，我有机会再次回到大凉山，我认不得眼前的西昌城了，这座高原小城变得和内地的城市一样。特别是那些石头和土坯砌成的碉楼从眼前的风景中消失了，消失得像梦，也像云。比起高原的云，碉楼竟然更梦幻。云彩虽不是当年的云彩，但依旧有高原云彩的风貌，形态万千，轮廓分明，变化无穷。而那些碉楼，却好像从来没有在这块高原坝子上站立过，只是在细雨霏霏的梦里，才那么亲切地成为记忆中的风景。

时间爬得比蜗牛还慢

在我的记忆里，饥饿不是一种肉体的感受，而是时间。肉体感受到的那种饥饿，是随机产生的临时的感受。啊，有点饿了，吃点什么好呢？是对这一类饥饿的应激反应。当然，这是来自身体正常健康的反应。现在，最流行相反的东西“厌食症”，厌食症的流行，发出一个明确的信号，饱食终日正在侵占最可宝贵的每个人的内在空间。

那是并不遥远的记忆，当饥饿成为一种常态，我也生活在这种常态中，我的肉体已经懒于或者说不能向我自己发出来自肠胃的信号了。这个时候，我关注到了另一个信号，时间爬行得比蜗牛还慢，时间因为饥饿，也走不动了。

饥饿的时间在哪里？是在教室窗上爬行的阳光。在专业术语中称为“三年困难时期”的年月，我的记忆是小学高年级的早自习。小学高年级，再加早自习，这意味着充满阳光，布满清新空气，空气中飘散着露水浸润后的花草气味。是的，就是这样，我的高中早自习也是如此，只是多了一个定语，那是饥饿的年月。饥饿的年月也有阳光，也不缺雨露滋润花草，空气清新透亮。只是阳光总是爬得那么慢。因为粮食紧张，我所在的那个地方，机关和学校都将一日三餐改为两餐。早饭在两节自习之后。第二节早自习的下半段，我的脑子里就是马上双手捧着的一碗稀粥。说脑子里是一盆糨糊，意思是什么都不清楚了。一碗稀饭同样能达到忘掉一切的效果。一碗稀饭什么时候能到手上呢？阳光知道。我早就记住了阳光昨天、前天和大前天告诉过我的那一刻，那一刻，阳光会爬到窗台上一个细小残缝。阳光爬到的时候，下课的电铃就会像我的心房，高声地欢叫：下课了！开饭了！今天的粥好啊！更稠！只是今天的阳光好像比昨天爬得更慢。不看！数一百再看！云彩快走开！……啊，真的，我无法告诉你饥饿的感受，但我可以对你讲早上的阳光，讲一讲阳光怎么爬得比蜗牛更慢。

饥饿的时间在哪里？是在粮店前静静地排队的小椅子。电影里演的灾荒年代，人们抢粮仓，场面如同打仗。我记得的不是这个样子。我们是和平年代懂规矩的市民，大人告诉孩子，高鼻子的洋人逼我们还债，用火车拉走了白面、大米、猪肉和苹果。我们懂道理，排队就是懂道理的行为。排队是因为据说粮店要出售红薯，一斤粮票可以买五斤。这个消息让粮店前的小椅子、小菜篮和报纸包着的砖头排成长长的队伍。排多久粮店会开门？不知道，听说拉红薯的汽车早就出城了。小椅子和小菜篮排成的长队，像放学回家的小学生一样守规矩，一个跟着一个。只是小学生会有说有笑地走着，而小椅子、小菜篮和大砖头静静地呆立在队伍中，一动也不动。我看着这长长的队伍，心想，它们一定饿坏了，如果它们吃饱了，就会像变魔术一样，变成一队欢蹦乱跳的小人儿，唱着歌，跳着舞，让这条街成为神话世界。也许这是我最早的创作，只是饥饿打断了我的念头。我望着越来越下坠的夕阳，用双手支着下巴：“看来今天是不行了，明天会来吗？”我不想丢掉希望，没有希望的话，我也许就会变成长队里的那把小椅子。我看着小椅子，恍惚中，听见小椅子向我打招呼：“您吃了吗？”我一定神，四周看，没人啊。

多年以后，读到小说家贾平凹写的一首诗，诗的题目是《题三中全会以前》。我看了题目想，这个贾平凹，外国人读了，一定不知道他说的是 1978 年中共十一届三中全会。再说了，题目像社论，这是诗的题目吗？但诗的开头便震撼了我：

在中国
每一个人遇着
都在问：
“吃了？”

这四行诗，让我的眼眶一下子潮润了。我相信，他和我一样，知道为什么阳光爬得比蜗牛更慢啊！

望 月 独 行

中学同学来信，说是“西昌高中六六级三班同学会”，在国庆长假期间，想要聚会一下，问我能否回去。我没有回去，新买了一套房子，忙着装修搬家。西昌对我来说太远了，三千里山水迢迢。西昌高中六六级三班也太远了，三十年的岁月烟云。它们属于少年的我。我的少年在那个地方度过，母亲下放到西昌，西昌当时是距离省城成都三天车程的边陲小城。母亲下放两年了，没有调回省城，我就离开成都，到西昌与母亲共同生活。这时，我到了读中学的年纪。

我在西昌读了三所中学。第一所中学是西昌专科学校附中，中学设在邛海边一座大山的老庙里。邛海是西昌著名的高原湖。我曾写过一篇短文《老庙》，留下了我在这所中学一年生活的记忆。第二所中学是川兴中学，是所乡村中学。三年困难时期，我在这里读书，同时学会了种菜、割草和打柴。最后考上了西昌高中，读完高中后，又在学校度过了“文化大革命”最初的几年，然后到陕北延安插队。几乎十年的西昌生活经历，留给我最美的是什么？眯上眼，脑海里浮动着一片银色的月光：“空里流霜不觉飞，汀上白沙看不见。”这是张若虚的诗句，也是我梦中常有的西昌月夜……

这是邛海湖滨的月色。刚到西昌时，曾任过宣传部部长和刊物主编的母亲，是在一所师范学校当老师。那时正在流行《青春之歌》这本书，同学们都知道母亲像林道静，参加过“一二・九”运动，因为受了处分下放到了西昌。学校在邛海边上，离城还有十来里路。我记得最初几个星期天母亲会给我一元钱，让我进城去看一场电影，那是我在省城星期天的休息方式。为一场电影，来回走近四十里路，回家的路浸在月光里。西昌是个高原盆地，盆地中心是邛海这个高原湖，四周是环形群山。看完电影，出城时四周黑咕隆咚。夜幕中环立在四周的大山，峥嵘高耸，把天挤得很小。挤在一起的星斗，“大星光相射，小星闹若沸”。我常仰望这些晶亮的星星，叫自己忘却黑暗压过来的恐惧。高原的风把天擦拭得洁净如镜，好让那轮月亮升起来。山真高，月亮缓缓地向上爬，先是一片乳色，然后月色勾出大山的轮廓。刹那间，一轮明月跳出山来，给人的喜悦真如孟郊的诗：“南山塞天地，日月石上生。”好一个石上生出的月亮，又大又亮，叫黑暗中的高原一下子生机盎然。天上一个月亮，邛海的水中还有一个月亮。两个月亮互相顾盼，“月下飞天镜，云生结海楼”，银色的光辉四处散逸，把归程抹出一路诗意。

记得著名作家高缨当时出了一本散文集，名字就叫《西昌月》。也许西昌的月亮真比别处的可爱，一是高原天空格外明净，二是高原盆地地貌在月亮升起前后反差强烈，三是高原湖泊让西昌有两个月亮。对我来说，这月光，还是我阴霾浓重的少年生活中难得而可贵的亮色。月下独行，这是我少年时代常有的事情。进城要走夜路，周末回家也要走夜路。在川兴中学读书，我是住校生，我的学校与母亲的学校相距三十多里路，刚好围着邛海走半圈。星期六上完最后一节课，就是下午5点钟了。归家路上，先看日头西坠，落天金鲤似的晚霞游进苍茫的暮色，然后夜幕悄然低垂，让我听着自己的心跳，期待月亮升起来。在月光下，伴我独行的还有那些美轮美奂的诗句。“白云映水摇空城，白露垂珠滴秋月。”啊，一千多年以前的李白，也知道会有一个少年，在边城湖泊的月下前行？“老兔寒蟾泣天色，云楼半开壁斜白。”李贺的诗常让少年的心伤感。其实，月光给我的是一种淡淡的温馨，像回家路上另一端母亲的目光，还像牵动我勇气的自信。说实在的，离开省城去边城西昌和母亲做伴，我并不知道情势的险峻。母亲也许永远被贬放于一个山区教师的讲台，而且日后连这谋生的职位也被剥夺。我去了西昌，也陷入四周阻隔的人生困境，像暮色四起而没有月亮的时候，四周是高耸的黑暗，和黑暗中的群山！

“文化大革命”开始后，母亲被揪斗，在省城当大学校长的父亲也成了“黑帮分子”。我在学校正式成为“可以教育好的子女”。在令人窒息的高压中，我策划了一次突围和逃离。约上三个同学，半夜1点钟在学校贴出一张大字报“我们要步行长征去见毛主席”，算是告诉大家我们出逃的理由。然后，四个人背着行李背包、铝锅和脸盆，悄悄离开学校。那一夜，我们在又大又亮的月亮关照下，开始了人生第一次长途跋涉。四个半月后，我们行走了六千七百里路，在隆冬腊月到达北京。

出逃那一夜的月光真好。我记得，因为不是月下独行，身边还有三个同学，心底升起一种豪放之情，啊，“谁为天公洗眸子，应费银河千斛水”！少年不知愁，说走也就走了。

月光下的边城西昌和月光下的少年情怀，都成为梦中的清辉，远远的，飘逸的。

没有回去参加同学会，收到西昌寄来的“同学录”，上面有与我一起月夜出逃的三位同学的名字：张云洲、王守智、陶学焱。

吾爱吾师

昨日散步归家途中，收到高中同学邀同学会的电话。关上电话，却想，都半个世纪了，这同学会大多数人还认识吗？高中同学曾寄给我一本同学录。初中的呢？说真的，初中的同学连名字都基本上忘记了，只记得一个姓侯的。老师呢，老师中有个何守模，二十年前还写过一篇回忆他的文章。还有呢？真是奇怪了，又蹦出来三个名字，赖仁价、左惠兰、李华强。这四位老师，只有何老师多年前与我有过书信联系，没有见过面。其他三位，不仅没见过面，自从离开那所学校，再没有联系过。五十多年啦，他们的名字怎么像藏在石缝里的鸡毛信，过了半个世纪，因为另一个无关的电话，破土冒出来。

一个何老师，扯出三个老师，四个老师拉出一个学校。这个学校叫西昌川兴初级中学。在饥饿的“三年困难时期”，我刚考上的一所初中停办了，中途转入这所乡村中学。一进这所乡村中学，有两个非常深刻的印象：没有围墙和校门，四周都是稻田，中间是几间用土坯垒起的教室。学校没有电，上晚自习一人一个小墨水瓶改成的煤油灯。我就是在这里度过了我的初中年月和这个国家的“三年困难时期”，因此，这四位老师的名字记录了我人生中一段非常时期。

何守模，我写过关于他的一篇文章《何先生》。他是四川大学历史系高才生，读书时当了大学生右派，毕业分到这偏僻的农村中学任教。学校规定，右派不能叫老师，他进教室上课，值日生就喊："起立，何先生好！"何先生课教得好，脾气也大，教鞭敲桌子是他的特色动作，真生气时还骂人。因为出自名牌大学会讲课，反正都叫"先生"了，所以校领导也任其发飙。他对我很好。他除了上课，还管图书馆，我是图书馆一号读者，所有的新书都想先睹为快。为此还闹出许多矛盾。《红岩》刚出版时，学校分到一册。语文老师去借："为全校同学进行传统教育需急用。"何先生说对不起借走了。冤家路窄，这个老师上课时发现这本书在我手里，便怒不可遏向校长告状。据说校长反问他："你没事惹那个右派干什么？你挣多少？他挣几文？你上完课回家，他上完课管图书馆。换一下，行吗？"出面替语文老师出头的是教导主任，教导主任在全校大会上臭训我一顿 。初中毕业时，何老师送我一张书签，是北京中央人民广播电台的照片，照片背后他写着：

祝你顺利考入高中，并有机会继续深造……将来在这所雄伟的大厦播出你成功的消息，我会听到的。

何守模

多年后，我走进了这座大楼，在这里完成了我的大学毕业实习。我想到了何先生，他是我的"预言帝"。

赖仁价，学校的教务主任，但什么事情都管。替语文老师出气训人这件事，让我记了一辈子。期末全校大会，我统考得了第一名。他代表学校发奖状，拿着奖状先骂人："叶延滨自以为聪明、学习好，上自习看小说，自高自大，自大两个字叠起来是什么？臭！”然后把奖状递给我。（此法绝杀，让你不得不站在他面前，听他讲完。）他更高明的是按照人民公社管理社员的方式管学校。农村中学没钱，“困难时期”饥荒，他竟然把这个又没钱又饥荒的学校办下去了。每个同学有一个工分本，好像规定一年要挣 100 个工分。学校所有的空地，全部分成一小块一小块的菜园，每小组一块地，种出的菜，交食堂后换成工分。每个星期六是劳动课，到学校背后的高山上割茅草，交给食堂做燃料。茅草叶坚硬锋利，山里人主要的燃料就是它。同乡下同学去割草，手上全是血道道。割下草还要扎成小草把，把小草把再打成捆，才能从山上背回来。早出晚归，背下山来，浑身都扎满草刺。还有到粮站拉口粮、到河滩抬石头筑围墙，一切劳动都换算成工分。在那个饥饿年代，这所农村初中教会了我大多数的农活，也让我像一个农村孩子一样活着。衣缝里长着虱子，脚下穿着草鞋。进学校身高一米四九，毕业出学校身高一米五一。赖主任得过天花病，脸上留下麻子点。老师们开玩笑就说：“幸亏赖主任‘点子多’，让学校熬过了饥荒年。”

左惠兰，我的班主任。李华强，学校分管少先队和团委工作的老师。我在川兴中学也经历过“大起大落”的事情，我想与他们两个人有关。因为我是从城里转到这里的学生，一年后，学习成绩冒了尖，农村孩子能干的种菜、割草之类的劳动也能完成。那年城里开共青团代表会，我就成了“优秀少先队员”代表，跟着李老师列席大会。这对我来说是头一次见大世面：吃会议饭（饥荒年代也定量），听大报告（还要记笔记），住招待所（四人一间还干净）。开完会回校不久，出事了。农田中间的学校，夏天多昆虫。我们宿舍的同学到野外抓了一种能飞的甲壳虫，捉了几十只，偷偷从窗户缝，放进另一个宿舍，满屋乱飞的甲壳虫引出一阵骚乱，不幸被值日老师撞上，成了一件扰乱学校秩序的大事。值日老师的训话有“施放害虫”“扰乱秩序”“帝国主义分子才想得出的坏主意”，全校通报，对我的处分是取消三好生等荣誉称号。过了些日子，班主任左老师来动员我写入团申请，我纳闷，不是刚处分过吗？后来我听说，我成了学校“正确对待青少年思想行为”的典型，上报的材料中，已经改正了错误。后来我才明白原因。初三马上考高中了，那年头全地区十个县，只有一所重点高中。又穷又缺资历的乡村中学要保重点，也就保到我的头上。我顺利地被批准入团。对于发生在我身上的大起大落，左老师和李老师肯定是向上的正能量。我也算争气，从这所乡村中学考入全地区重点高中。

老师是什么？有人以为，老师就是给人熬炖心灵鸡汤的烹调师。鸡汤可口，过肚穿肠难入心。入心者是老话“良药苦口”。回想我的初中，是我离开家后的第一个“社会熔炉”，不像熔炉那么热烈，倒是像一罐汤药，五味杂陈。吾爱吾师，他们的名字就像美妙的药名：当归、杜仲、生地、甘草、金银花……

开 始

开始是很重要的一件事，而且并不会有一个规范的模式告诉你会怎样去开始。回过头来看，许多经历过的事情，“开始”也会往往出乎意料。

有知道我经历的人，知道我插过队，下乡当过知识青年，但看到我的一些简介中说我当过生产队副队长，有人心里嘀咕：“他又不是回乡的青年，城里的学生，下乡能当队长？”我在延安山沟里的村子插队，前年，也就是说，在我离开插队的那个村庄 35 年之后，两位写诗的朋友，陪我一起回那个山村看望当年的房东。他们听说，我离开那村子虽然只回去过一两次，但全村老少没有不认识叶延滨的。“不可能，现在的年轻人没见过您，怎么认识呢？就说老人吧，三十多年了，还记得当年一个知识青年娃？”我没回答，只说到了再看。汽车在山沟里拐来扭去，还是一条土路，只能过一辆车。到了村头，正是晌午，远远地在地里有两个老汉在锄地。同行的一个朋友，上前去打听我那房东：“水萍家在哪儿？”一个老汉看了他一眼，没回答他的话，扭头对身边的另一个老汉说：“满库，你看，那不就是延滨回来了吗？”之后的事情可以想见，两位老汉，带我到了水萍的窑洞。老房东与乡亲们的热情，感动得我这位朋友一个劲儿地用照相机拍照，在他自己的博客里把照片全都贴上，还加了个标题：“叶延滨回家。”

朋友问我：“怎么混上队长的？”我笑了，我说了下面这段体会。知识青年到农村，你会说、会写、会唱，老乡们虽说嘴上夸你，但心里觉得那都是应该的，你不是在城里长大的嘛！夸是夸，但看不上你，他会用又苦又累的农活来证明“你不如我”，“你该听我的”，“毛主席说你们是来接受再教育的嘛”。我在下乡以前，曾在一所农村中学里和农村孩子一起生活了两年。我开初在学校里常受欺负，说实在的，乡下孩子欺负从城里“下放”到他们中间的城市孩子，和城市孩子捉弄乡下孩子一样，花样多着呢。我那时学习成绩最好，没用！见识比他们多，也没有用！后来，我能和其他人一样打赤脚，一样喝沟里的凉水，一样在劳动课上山去割一捆高过头顶的茅草回到学校，直到这时，我才成了这所乡村中学里同学们的“班头”，我到期末上台领考试第一名的奖状，同学们才用鼓掌代替了以前的嬉笑口哨。这个经验让我懂得农村孩子和他们父母内心的自尊与骄傲。由此，我在村里干了一年。第二年春种的时候，我连续干了五天这个村子最重最脏的农活“拿粪”。什么叫“拿粪”？就是在胸前挎一个大筐，筐里盛满人畜的粪肥，跟在犁地的人后面，一边走，一边将粪肥和种子一把一把地掷进前面刚犁出来的犁沟里。牛在前走，扶犁的人在牛后，拿粪的人跟在扶犁的人之后，成一个联合作业流水线。在这个流水线上，最累的是拿粪的人，负重跟随着牛播种施肥，还要不断跑到地头，将空了的粪筐再装满粪肥，然后回身赶上犁地的那头牛。这样一天下来，就将负重行走几十里路。一个村里，能干下这活的不上十个人，都是年轻力壮的男人。我是知识青年中第一个干下这农活的，打这以后，村里人夸我就一句话：“这娃能受！”这个“受”是“受苦”的简略，在当地是“有能力”的意思。这下子你明白了吗？能说、能写，不等于“能受”。也许，这是我在这个村子有别于其他知识青年的一个特点，让人记住了。

在我的经历中，有一次“开始”是最没有准备、开始后却最后圆满结束的事，那就是步行长征到北京。那是“文化大革命”初期，我父亲被报纸点名打成了“黑帮”，我原是学校学生会的头头，此刻变成了“可以教育好的子女”，不能参加红卫兵，也不能坐车串联去北京“接受伟大领袖的接见”。当时年轻气盛，我毕竟在学校里算是个人物，于是发起了“步行长征毛泽东思想宣传队”，要从四川步行到北京去见毛主席。听了我的鼓动，有十几个同学报名参加，于是做队旗、做袖章、印传单，热火朝天地准备上路。这件事惊动了校方和红卫兵组织，经过他们紧锣密鼓的思想工作，不到半天，只剩下同班的王守智、陶学焱、张云洲这三个人还没有退出我的“长征队”。他们没有退出，是因为他们还没有加入红卫兵，红卫兵组织还没有找他们谈话。事情紧急，当天下午，我约了这三个同学，就在学校附近的王守智家中开会，大家商定，马上把队旗、袖章、传单转移到王守智家，并在他家写好了“告全校师生出发宣言”。当天深夜，我们把“宣言”贴在学校的墙上，四个人背着背包，朝着北京，走上了“长征”之路。这一走，我们走了四个半月，从 1966 年 10 月走到了第二年的 2 月，直到走进北京虎坊桥附近的糖坊胡同废品收购站，收购站的大门上还挂有一个牌子：串联红卫兵接待站。四个半月的步行，对于我们四个高中学生来说，餐风宿雨，翻山越岭，真可以写一本书。三年前，我回到四川，高中同学见面，我们四个人在一起照相合影。人生这样一路同行了六千七百里路的同伴可能不多。但说实话，这三个人在高中读书的时候，只是我的同班同学，没有特别的友情，更说不上是“铁哥们儿”。但，就是他们，在那个特殊的年代，选择了与我同行，而且同行六千多里路而不分手。我曾经的好朋友，那个时候有的参加了红卫兵，“不能不服从组织”，有的由于“家庭出身有问题”这时候也不敢与我为伍。最后与我一道“开始”的三个同学，在此以前基本上连一次个别谈心都没有。我想过这个问题，有条原因我想到了，他们不是“革命小将”依靠的工农兵子弟，也不是革命打击对象的后代，不受重视也没有家庭不好的包袱，成了可以“自主选择”的人，而且做了选择。但是，今天回想到这一切的时候，我还是有些吃惊。因为，这就像今天经常在一个团队里做的信任游戏，闭上眼睛向后倒下去，你要相信你的朋友和同事，会伸出手接住你。是的，这是组成一个团队所需要的基本条件。回头一想，那一次“步行长征”组团，我也是闭着眼睛向后倒下去，我怎么也不会想到，我最信赖的朋友、我平时交往的知己，都在那个时刻，因为各种各样的理由，没有伸出手来，而伸手接住我的是三位几乎没有交往的同学。

有时就是这样，你不知道会怎么“开始”。游戏是游戏，在生活中当你倒下去的时候，谁会接住你，你设想过，但事实也许完全不一样！重要的是，有些时候你也只能相信自己了，相信不会没有人伸出手来，只因为你，你值得让他伸出手！

赶在太阳升起前

曾经有过一段非同一般却极其荒诞的经历。18 岁之前和三个高中同班同学步行六千七百里路，从四川的大凉山走到北京，这三个同学的名字是陶学焱、王守智、张云洲。几年前回西昌见到了这三个同学，还一起照了相。今天想起他们，是因为想起一个词："恋栈。"

老子有言："持而盈之，不如其已；揣而锐之，不可长保；金玉满堂，莫之能守；富贵而骄，自遗其咎。功成名遂身退，天之道也。"讲的是急流勇退，见好就收，反之，则称为"恋栈"。恋栈之情浓者，一辈子占着一个坑，还用专一、献身、热爱之词当作花环摆在自己的面前，说得多了别人不感动，自己也感动，好像提前念悼词。很多事，说透了其实简单，比方对一切不知进退、舍不得从领导岗位上退下来的行为客气地说出"恋栈"二字，很真切，又形象。

所以想到那三个老同学，就是想到那六千七百里路，用了四个半月，最重要的体验，就是每天和"恋栈"角力。长途跋涉，除了休息日，每天多则百里，少也六七十里。到了这天的目的地，吃饱喝足，用热水烫了脚，仰面躺下，休管是草堆还是硬水泥地，这六尺长两尺宽的地方就是天堂！（是啊，跋涉一天腰酸腿疼，得到伸展休息的机会容易吗？虽说只是行程中的一站，与人生中之一驿，道理相同，都得之不易难舍难离。）继续前行的可能，就是与这样越走越强烈的“恋栈”情结角力。

我们的“长征”，只是一次小小的反叛行为。因为“文化大革命”学校不能上课了，因为毛主席接见造反的红卫兵，学校里家庭出身好的同学都得到一次天赐机会坐车上北京“大串联”。我因为父母被打成“黑帮分子”揪斗，其他三个同学也不够当红卫兵的资格。少年气盛，四个人在学校贴出一张“我们也要到北京见毛主席”的堂皇宣言，深夜背上行李卷，连夜北上。一路上害怕红卫兵和校方阻截，每到一地，都在凌晨三四点钟起程赶路。

凌晨出门行路难啊。梦中被闹钟吵醒，从热被窝出来面对的是初冬的寒风，没有灯火的马路一片漆黑，一边走还一边打瞌睡……头两天这样走还行，因为害怕被抓回去。再往后走，就难了。谁不想多睡一会儿？谁不留恋热被窝？只是这样一来，几乎就没办法再走下去了。睡够了起床，再吃了早饭，就到八九点钟了。走不了三十里，太阳当头，就该吃午饭了，下午在阳光下行军，十分燥热，到了住宿点，什么事也干不了，倒头睡觉。第二天更不想起床，越走越没劲头。于是四个人认真休整一天，商量是继续走下去，还是结束行程回家。面子当紧，回头丢人，那就必须确定怎么走。头几天每天最少行程都在八十多里路，最重要的原因，就是凌晨三四点钟起身上路，用前面的词来说，就是：“绝不恋栈！”

凌晨三四点钟起程，天黑风凉，走起路来快，也不出汗。有时太冷了，背着的军用壶里装着烧酒，喝上一大口，寒气全消！

等到天亮了，太阳出来了，已经行程近一半，走出三四十里路。吃过早饭，再走到中午最热的一点多时，就到了当天的目的地。午餐后，还能在乡镇上逛一逛。我们带了个行程本。每到一地，就到所在地的邮局，请邮局在我们的本子上盖上一个当天的邮戳。就这样，路也走了，每到一处还能在太阳下山前休整闲逛一下。天一黑，烫脚睡下，这样一天天下来，形成习惯，凌晨自然就醒了。

走完那六千七百里路是我和我的同学一生都值得回味的事情，那也是年轻人才可能去冒的风险。完成这漫长的旅程有许多因素促成，比如说全社会都无事可干，比如说社会风气相对淳朴，比如说年轻人都有追星族的情结而我们那时追一颗“红太阳”，比如说我们没有退路却还想向红卫兵们叫板……在所有的可能中，最重要的一个细节，就是我们的长途跋涉建立在不“恋栈”的行程表上，赶在太阳出来以前，让眼前有全新的地平线，让身边有全新的风景，而且还有已经写在新的一天日志上的里程数给自己的成就感。

我不喜欢也不想学那个坐在老牛车上的诗人感叹“夕阳无限好，只是近黄昏”。生活告诉过我，生活没有老子的《道德经》那样深奥，生活曾经就这么明白地说：离开捂热的被窝，新的开始就在太阳升起之前！

一 生 最 好 的 伴 侣

这是突然发生的变故。

我坐在这间小小的房间里，一间不到十平方米的小屋，一张床、一张写字桌和一个简易的书架，就成了我和母亲的新家。

这间屋在一排平房的中间，平房外是一面山坡，从窗子望出去是青郁的树林，望不到山顶，而窗前最近的斜坡上，爬满了蔷薇花，让人忘记了这是远离省城的大凉山。这时我 10 岁，随“下放锻炼”的母亲从省城坐了三天的长途汽车，来到了这山区的师范学校。母亲是“一二·九”运动时在北平参加革命的青年学生，不过解放后一直走背运，从部长变成处长，从处长下放到这偏僻的大凉山。说是下放干部的“带队”，母亲笑着对当地官员说，下放干部各有各的去处，我带什么队，让我当老师吧。就这样，这个十平方米的小屋成了我的新家。

师范学校建在离县城十多里的山里，省城熟悉的生活一下子像雾气散去，没有公园、没有商店、没有电影院，进县城连公共汽车都没有。那些年刚好是“三年困难时期”，寂寞荒凉的环境再加上初次体会吃不饱，日子一下子变得格外沉重。

师范学校里我唯一可去的地方就是图书馆。那间不大的图书馆实在是我的诺亚方舟，我的救生圈。我读《斯巴达克思》，读《牛虻》，也读《青春之歌》《青年近卫军》。真的，用饥不择食来描绘我的这段生活，应该是准确而形象的。学校里几个小伙伴，每天忙着上山打鸟下水捉鱼，而我捧着一本书就能忘了饥饿：“又到了食堂开饭的时间了，真快！”

其实比饥饿更可怕的是山区封闭而枯滞的生活。从省城来的母子俩，而且这个母亲还“历史复杂”，异样的眼光让我领受到世态炎凉。埋下头，翻开书，那些眼光像水面的雨花消失了，我会进入另一个世界，罗马奴隶们的世界，亚瑟和神父的世界，林道静和北平街头的风吹过我的额头。书真神奇，无论你是在省城喧哗的街头还是在大凉山蝉噪的寂寞山林，都会让人进入同一个世界，去领略另一种人生。由于严重的营养不足，我得了贫血症，三年只长了两厘米。那是我人生最艰难的岁月，但应该说也是我读书最多的日子。记得图书管理员总是说：“还没有新书，下次吧！”书让我精神富足，而这一段读书生活影响了我的一生。

这是十分险恶的境地。

高中毕业我不仅没考成大学，而且碰上“文化大革命”，文斗很快变成武斗。我参加的一个以西昌高中学生为主的学生组织，被围在学校一幢教学楼里已经两三个月了。两三个月里别说出校园，就是这幢大楼也出不去。干什么呢？我负责管理广播站，每天三次广播。小城依山而建，学校在城区最高处。教学楼旁的大树上挂有十八只大喇叭，大喇叭叫起来全城都能听见。母亲知道广播站是我在管理，只要听见大喇叭哇哇啦啦地叫，她就知道自己的儿子还活着。每次广播，对立面的枪弹就飞过来。时间久了，一只又一只喇叭被打哑了，广播站的声音也越来越小。

被困在大楼里每天听枪声、听死人的消息，会让一些人沮丧，让一些人疯狂。能读的只有毛主席的书，毛主席的文章当然精彩，但是天天念，念了还唱语录歌，唱了又念老三篇，就像红烧肉，餐餐都吃，也让人消受不了。除了毛主席的书，还能找到的就是马恩列斯的经典了。我搞到一本列宁的《哲学笔记》。这书有用，像老腊肉经嚼，一天读下来，读不了三四页，那些费解的词和定义，让我气定神闲地待在被围困的大楼里喘气。

有天下午，我正在那里嚼《哲学笔记》，母亲推门进来了。“妈，你不要命了，你怎么进来的？”“那边站岗的是我的学生，放我过来的。我昨天没听见你的广播叫，整夜睡不着，不来看看放不下心！”我听这话，眼泪一下子冒出来。还没等我说什么，母亲看见我打开的《哲学笔记》，笑了笑：“是我儿，能活着出去。好，我走了，那边站岗的换了人就过不去了。”母亲连一口水也没喝，转身离开了。我目送母亲远去的身影，此刻她走得步履轻快，她知道有书替她守着儿子，放心。

这是没有光亮的日子。

知识青年插队下乡，我到了延安，住进了一孔土窑洞。这是一对老农民夫妇的家，也是最简陋的窑洞，山坡下掏出一间窑洞，没有钱买窗，就用土坯把朝外的洞口砌起来，只留一扇门，门的上方留两尺见方的窗透气。老两口住在靠里的大炕上，在门边盘了个小炕，我就睡小炕。我叫他们干妈干大，他们叫我干儿。老两口总是太阳落山就上炕睡觉，而我无论多累，总要在灯下读一会儿书。这个与众不同的习惯，让干妈格外地高看我，她认为虽说这是从城里下放到乡下的可怜娃，但“落难人”还能挑灯夜读，必是贵人。有一天，缠着小脚的老太太步行到十多里外的公社，为我买回一盏有玻璃罩的煤油灯，照得土窑洞明晃晃的有了人气人影。这件事让我永生不忘。1980年，我参加《诗刊》举办的“青春诗会”，诗会专号上刊登了我的成名作《干妈》，其中一章《灯，一颗燃烧的心》，就记下了这段灯光照亮的岁月：

穷山村最富裕的东西是长长的夜，
穷乡亲最美好的享受是早早地睡。
但对我，太长的夜有太多的噩梦，
我在墨水瓶做的油灯下读书，
贪婪地吮吸豆粒一样大的光明！

今天，炕头上放一盏新罩子灯，
明晃晃，照花了我的心。
干妈，你何苦为我花这一块二，
要三天的劳动，值三十个工分！

深夜，躺在炕上，我大睁着眼睛，
想我那关在“牛棚”里的母亲……

“疯婆子，风雪天跑三十里买盏灯，
有本事腿痛你别哼哼！”
“悄些，别把人家娃吵醒，
年轻人爱光，怕黑洞洞的坟！”
干妈，话音很低，哼得也很轻……

啊，在风雪山路上，

一个裹着小脚的老大娘捧一盏灯……

天哪，年轻人，为照亮人走的路，

你为什么没有胆量像丹柯，

——掏出你燃烧的心？！

诗句永远留下了这盏灯，留下了这灯照亮的那些没有光亮的日子。

写下这些与书相伴的故事，原因是昨日几位老工友来访引起。我应邀到西安参加第二届中国诗歌节，几位三十多年前一起在秦岭山区工厂工作过的老知青，看到报上登了我的照片和采访，一路打听找到我住的宾馆。当年一起工作的小青年，都老了。正在与我交谈的《延安文学》主编阎安，也感兴趣地与他们攀谈起来。谈话间，老朋友章明对阎主编讲起我离开工厂、调回四川的故事："那天是我送延滨上火车站，托运的三只大木箱也是我帮他捆好的。车站问：什么东西？我说：书。车站的工作人员咧咧嘴，没一个人相信。争执起来，硬要我们打开。那箱子太大了，一米长，半米高，两人才搬得动，重新开箱再捆上容易吗？吵了半天，没办法，像打赌一样，围上一群人盯着看，绞断铁丝打开一个箱子，全是书，再打开还是书。这时车站的人说，别开了。我还是把第三个箱子打开，全是书。这事在县城传开了，可给咱们厂的年轻人争面子了。"这件小事，我都忘记了，过了三十多年，老朋友们还记得，让我不知说什么好。

曾经读到过阮葵生的两句话："无事此静坐，有福方读书。"

联想起与书结缘的这些细节，我觉得热爱读书不仅是我的福气，对我而言，也是命啊。

正 午 的 牛 车

这是一辆正午的牛车。

它是从哪儿来的，我不知道，我只是知道现在它的影子躲在它的车轮下面。牛车的车轮是两只巨大的木轮。这是属于记忆的木轮。木轮说，时间走得很慢，因此我也走得很慢。不知道你坐过牛车没有，特别是这种两侧有巨大木轮的牛车。我坐过，而且，坐着的是我的青春岁月。青春坐在牛车上，眼前是一条毛茸茸的牛尾巴，像节拍器一样在你面前悠悠地晃动，左右上下地悠闲。于是，你的心律也在牛尾的节拍中放慢了。放慢了的不仅是心跳，还有呼吸。呼吸平稳时，你才可能注意你身边的事物，特别是那些细微变化着的事物。只有那些年老的牛才会被派来拉车。老牛拉着牛车，就像牛车与它合而为一，缓缓地在正午的阳光下移动。正午的阳光大概是一天中移动最慢的阳光了。它因为炽烈而让我们在牛车上流汗，如果一直这样流汗，我们也许就成融化的雪人了。好在习惯了，先流汗，然后那汗水像一层油，护着皮肤，直到皮肤上出现晶亮的盐粒。坐在正午的牛车上，最早融化的不是我的身体，而是我的思绪。到哪儿去？明天会怎样？今后怎么办？这些只有人才会自己给自己出的“烦恼的题目”，在正午的牛车上最先蒸发为一缕缕水汽。因为这些魔鬼题目从头脑里消失了，还需要想什么呢？我问自己，没有回答。这种自问却不求答案的状态，在我的脸上呈现出来，人们说：瞧这个牛车上的人多么悠闲自得！

悠闲的是我前面的那头牛。也许，这是一个苦差事。拉着一个无所事事的年轻人，拉着一车正午的阳光。不过，老牛无所谓的神色告诉我，这已成为它的习惯，不拉这个年轻人，换上别人也一样。不拉这炽烈的阳光，拉裹满黄沙的风，还是拉绵绵不尽的细雨，不都是一样的吗？这就是悠闲之源，认命，或者说叫知足。知足是一种天性，是美德还是缺陷，难说。我换位想一下，假若我是这头老牛，我该怎么活？如果我不满我的境遇，不喜欢这头上的烈日，厌烦这碎石铺成的小路，不满这吱吱咕咕叫的车轮，我又能怎么样？无垠的大草原当然好，清清的小溪水当然好，当然如果有宽敞的棚舍还有和煦的微风，那就是天堂了！但是，这个世界对一头已经年迈的老牛，没有准备天堂。暮年之伴就是这车，木轮牛车。暮年之路就是这路，碎石乡村路。暮年的天空就是这烈日，烈日下的正午。命定如此，如果还苦恋苦想着天堂，不是在伤口上抹盐吗？啊，挺好，头上还有太阳，不是冰雪满天。啊，挺好，路还平坦，而且把我架上车辕，就是告诉我还不让我进屠宰场……老牛果真这么想吗？不知道，我不是那头牛。也许那头牛一辈子不会想到，我欲替它想的关于命运的两个题目：认命还是不认命？何苦何乐？

正午的牛车是乡间常见的风景，也许就是文人常说的生活气息。那气息从我身上散发出来，从牛的鼻孔中呼了出来，让阳光变得迷离。如果你站在牛车的远处，你会感到晃晃悠悠上升的空气像海市蜃楼一样把牛车变得神秘。而坐在牛车上的我，正小憩入梦，你看到的也许是我短梦的尾声，因为讨厌的牛虻让老牛烦躁不安，而苍蝇也把我汗津津的脸当成了午餐的餐桌。醒了，也就不只是充当正午的风景了，也想看看风景。每个看风景的人都同时是别人的风景，当然，坐在牛车上会以为自己是风景的中心，自己是检阅风景的主人，看吐着长舌头的狗，看穿花布衫卖凉茶的小闺女，还有掉了中间两个字的标语“坚决拥护 × × 的英明指示”，什么指示？谁英明？有多坚决？其实每一个问题都够想半天的了，我怎么没有觉得该想一想呢？

太阳正在头顶上，我正年轻而且可以做白日梦，道路虽然不平不过生活却在前进，这也许就是正午的牛车能够显示的隐喻。而隐喻是文人的看家本事，当然有的文人不要这个玩意儿就能讨生活。你问我，不是隐喻又是什么？

只是一只木轮，放在古旧家具店的门外。一只从那个正午牛车上留下的木轮放在家具店门前，而那牛车依旧在我的生活的那一端清晰又朦胧……

月亮走，我也走

我所唱过的最早的一首儿歌是什么？是“月亮走，我也走，我给月亮打烧酒”。就两句，有歌唱的对象，有歌唱者自己，有走动的行为和风景，还有祝愿和承诺。所以，这样一首儿歌，在我还没有读书识字的时候，就会唱它了。

今天的孩子不唱这样的儿歌，也许会说出很多的原因。不过，最当紧的一点，就是没有了唱这首儿歌的环境。这首儿歌不是在家里唱的，不是坐在书桌前念的或者躺在摇篮里听大人读的。那是一种体验，是在自然舞台中表演的“台词”。童年的时候，在省城生活，那是盆地中一座老城，多是平房瓦舍，少有的楼房也就是两三层，难得有高楼。没有高楼的老城里到处都是大树，高高的树冠伸出屋脊，白天给人阴凉，晚上挂满星光。说挂满星光，不是诗句，而是真实的景象。50 年代初，老城缺电，一到晚上，都用电，电压不足，昏黄的灯火不比星星更亮，所以，天一黑下来，坐在院子里，繁星就缀满了童年的天空，而星星中间的那轮月亮，便成了对话的主角。倘若有个稍大一点的院子，捉迷藏的孩子就发现，在院子里跑动时，那头顶上的月亮也在动。是的，月亮在屋脊和树丫间移动，就像跟着自己，在与自己捉迷藏，于是，禁不住唱起来：“月亮走，我也走，我给月亮打烧酒！”脸对着月亮喊，双脚跑得更快，自得其乐，与月共舞！这大概就是诗歌产生的条件。这样的儿歌，基本的情景和内容，与李白的名诗相近：“举杯邀明月，对影成三人。月既不解饮，影徒随我身。暂伴月将影，行乐须及春。我歌月徘徊，我舞影零乱。……”这样美妙的诗句，翻成儿歌，也就是：月亮走，我也走，我给月亮打烧酒。李白是酒中仙，当然与月对饮。小孩子尊老敬月，献一点小殷勤，“我给月亮打烧酒”，多好的人生美景啊！

在城市越来越大、灯光越来越亮的时候，都市的夜景就是灯景，与星星和月亮没有关系了。当然，在我的记忆中，星星最早不是被灯光赶走的，而是被大炼钢铁的小高炉淹没了。省城的大街小巷、机关学校、街道工厂，都架着一个小高炉。最常见的小高炉由三只大汽油桶叠起来，桶里砌上耐火砖，旁边安一只风箱，像个放大的铁匠炉。那时候，处处点火，全民炼钢，烟熏火烤，钢花飞溅。小高炉实际就是化铁炉，把各家各户的铁器收集起来，化成铁水，打成钢块铁砣，然后一群人集合在一起，敲锣打鼓向上级领导送喜报。对于我的童年，这是很有趣也很动人的场面，真的叫人难以忘怀。所有关于月亮的歌和诗，一下子好像全送进小高炉化掉了，大人不唱《敖包相会》，不唱《莫斯科郊外的晚上》，我们也不给月亮打烧酒了，连《星星》诗刊也停办了。这个时候最重要的诗歌意象是太阳，红太阳，金色的太阳，心中的太阳。

今天是中秋节，天高气爽，月亮升起来了，但是，站在十五层高楼窗前，我与月亮都无法再玩那个游戏：“月亮走，我也走，我给月亮打烧酒！”心里唱着，眼里望着，望见那流走的岁月中，一个星光灿烂的小院子，有一个与月亮捉迷藏的男孩儿……

浮 沉

时间：1966 年 10 月至 1967 年 2 月。路程：从四川经延安到北京，共计 6700 里路。方式：背着行李，打着小旗的步行串联。同行人：我、陶学焱、王守智、张云洲四个高中学生。串联理由：“我们也要见毛主席！”真实原因：因父母均被打成“反党分子”，我不能参加当时所有的活动，于是动员三位同班好友组成长征队。

以上文字作为 18 岁的纪念是足以让人自豪的。也许今天的年轻人会报之一句：“傻哥们儿！”其实他们不会理解，是什么力量鼓励和支撑着我们四个半月风雪之中枯燥而疲惫地迈动双腿。我自己也不知道，只是拼命地走，咬着牙走，清早喝一口烧酒驱寒，傍晚求一盆热水烫脚……

直到走到黄河边上。

在延安过的元旦，听山西过来的串联队讲，黄河上流着大冰砣子，渡口封渡了。过完元旦，我们立即北上青化砭，转向东去延川，直扑永和关渡口。一路上的“接待站”都贴满了封渡布告。

黄昏，在腊月里朔风旋舞的山崖，我们凝望这条黄河。白茫茫一片流冰，听不见涛声，只有缓缓挪动的冰块，使我们感到一种被束缚的力量和濒于窒息的生命。

铅色的云，惨白的河，苍黄的岸，如我们的心情。渡口上受阻的学生将近百人，对岸也有几杆招摇的小红旗，看来也有不少胆大的冒险家。动员是无济于事的，不通汽车的古渡口，如何遣返？

只有冒险开船把我们送过岸去。整夜，我们都没有睡着。

第二天早饭后，几十个背着行李打着绑腿的中学生拉着长长的纤绳，走在黄河岸的冰滩上，将那庞大的渡船向上游拉去。因为河面流冰太多，向上游拉船，然后斜放对岸，否则是无法过渡的。莽莽大河驮着成千上万的浮冰从我的身旁缓缓流过，我肩上紧绷的纤绳颤颤地告诉我那只渡船在怎样地经受冰块的撞击。在这高原大河朔风流冰之中，这条船和这群人都显得那么弱小，但正因为有这船有这群人，这个河谷才升腾着崇高之美，一种慑人心魄的抗争。

我似乎感悟到什么。

我真正感悟到它的时候到了！

满目狂奔的浮冰，发疯般地扑向渡船，在涌动翻卷的浊浪中，我想到荒原上的狼群。浮冰如千万只疯狂的狼，扑向这笨拙的木船，冲撞它，挟持它，撕咬它，那些冲撞和挤压之声咆哮如雷鸣。这艘载着几十个少男少女的木船，在轰响的声浪和狂暴的色彩中颠簸，每一秒钟都可能被吞没，如果它消失于这声浪沉没于这色彩，我想那是极其合乎情理的事情。

然而生存的希望在于船，船就是岸与岸之间那不安宁的希望之地；然而船的力量在于桨，这条不大的渡船有着四条电线杆子一样粗的巨桨，无论是谁看到这样的桨都会明白要有怎样的胆魄才能在这里生存；然而桨的信心来自十六条汉子，四个船工揽抱一根大桨，四条大桨上十六颗船工强有力的心脏腾腾挤压出的那一腔腔热血，让这些桨有了生命，让这条船有了生命。十六个喉头吼出的号子压住了冰河的声浪，三十二只船工的手臂托起了我们的岸……

我不知道我想了什么，我确实是热泪盈眶，感受到一种人生的洗礼、一种难以用语言表达的启示。上岸之后，我发现一个年轻的船工盯着我的前襟，啊，我摘下了那枚小小的圆圆的毛主席像章，放到他粗大的手掌里。

这个细节是十分具有时代性的，但我的确很真诚，以后人们不屑于提起或回忆这种真诚，甚至在许多表演性的节目中，让这种细节展示另一种虚伪，我想，那也是对历史的矫饰和歪曲。我们这次“长征”的结局也十分具有时代性。春节前夕，我们到达北京，“接见”的活动已经结束，我们住进了接待站，我还记得是牛街糖坊胡同废品收购站——院子里堆满了废旧的一卷卷的大字报……

我们为什么能走完这 6700 里？在我一生中，那是一个 18 岁的年轻人对可能吞没他的“滚滚洪流”第一次不甘沉沦的反抗。

多少年过去了，当人生的流冰期又一次一次袭来时，我总想到那艘在三十二条手臂和十六个喉头吼出的号子中拒绝沉没的黄河船……

成为风景的猪蹄

你也吃过猪脚，也叫猪蹄。我看那个叫“舌尖”的电视片，我发现导演聪明，因为他把舌头和肠胃，变得有记忆了。是我说错了？我理解错了？那好，就这样说吧，这部电视片给我的启示就是：舌头和肠胃是有记忆的，这种记忆藏在你内心最深的地方，把那些味蕾感知的世界的味道，连同那美味产生时的风景，都收藏好，等你老了，闲得发呆时，翻肠倒肚地去想。

到了东川的桥儿沟，就可以看到宝塔山了。看到了，就算到了。在延安插队的日子，每月有一天进延安城。进延安城是件快活的事，休息的日子，不想再窝在沟里。从落户的曹坪出沟，到公社李渠七八里。到李渠就到川道了，川比沟宽，沟里的河叫溪，溪流进了川叫河，川道里的河叫延河。在川道的公路上再走二十里，就到了延安。上一次延安来回走六七十里，图啥呢？看一回电影？逛一回延安的马路？还有，还有就是到桥头那个饭店买一只卤猪脚。从插队的小村子，走到卖卤猪脚的饭堂柜台，是一个稍有点漫长的过程。好吧，两个词，卤猪脚再加延安，就像一个命令符号，打开一串风景……

洗脸，刮胡子，换一身干净的衣服。一出窑洞，村头的婆姨就招呼上了：“延滨哟，今天不出工了？啊呀，上延安啊。家里汇钱来了，烧得坐不住了。嫂子没瞎说，看你急得脸都红了，不叫你捎东西，放心去逛吧！”一边打招呼，一边大步流星往村外走，生怕这些大嫂子小媳妇说出什么更“骚情”的玩笑来。人说这里妇女地位低，买卖婚姻，然而村上的习俗是女子出嫁前，和男人一样出工。女子结了婚就是“全职太太”，一个月最多出工 5 天，其余时间都在家里管孩子做家务。闲下了身子，闲不住嘴，和知青男孩开玩笑是婆姨们最开心的集体娱乐，用今天的话来形容叫“精神广场舞”。

逃离婆姨们的笑声，沿沟底的小路往外走，心情也渐开阔。山峁越走越低，眼前的沟口越走越宽，天蓝蓝任云飘，那些云好像是从心窝口溜出来，看着就亲，望一眼就不自禁地咧嘴笑。笑什么，不知道，知道也不告诉你。沟里的风景就像村庄里的亲戚，简单得用不光手上的指头：山峁、水沟、窑洞、青苗、数得过来的几棵树、几条狗、几只鸡，数不过来的是这天上的云。

路是越走越宽，走到李渠就是公社所在的场镇了。那时不叫镇，就叫公社。我们村第一个上调的插队女知青张桂花，就招到了公社，当了公社广播员。张桂花长得漂亮，老乡夸“一笑俩酒窝”。所以她老笑，笑着笑着就不下地了，在公社的石窑洞里，说说话就挣钱。那时真羡慕这女子，也喜欢那俩酒窝。“酒窝”刚到公社，我还去看望过这同村的“插友”，坐了十多分钟，东拉西扯，没盐闲说，愣没见到人家露出那俩酒窝。以后再上公社，就只想，不见了。

走过了李渠，就是直通延安的大川道。公路没有铺柏油，汽车一经过，就扬起一堆尘土。早先还有梦想，招手拦车。后来发现这是最不可能的事情，好像招工一样，可望而不可即。好在路上车不多，所以，失望的机会也少。一个人走大路，比走小路还寂寞，寂寞就喊，走过村子，啊嗬一声，回应是汪汪的狗叫。没狗叫的地方就唱：“我们走在大路上，意气风发斗志昂扬……”那年月这歌挺流行，现在回想起来，悟出一点味儿来。

进了城，如果有电影，休管演什么，也看一场。那时还没有什么可看的，连样板戏都还没有上电影。电影院里除了西哈努克，就是阿尔巴尼亚。西哈努克亲王不在柬埔寨待着，不是《西哈努克访问西北》就是《西哈努克访问东北》，西哈努克专职当我们的新朋友，虽是纪录片，却是彩色的；阿尔巴尼亚是老朋友，老故事片，都是黑白的。票价都是一角钱，想想还公平。就这样，也不是回回能瞅上。停电，那么这一天无黑白，更无彩色。

最后的高潮是桥头饭堂。那年月，饭堂人少，吃饭要粮票，一张大拇指般大的纸片，把饥饿挡在门外。天不绝人。穷得叮当响的陕北，有穷人的穷讲究。当时当地的老百姓不爱吃猪的下水和头蹄，因而这些东西贱得很。桥头饭店里卖的卤猪脚，一只三角钱。除了知青，当地人几乎无人问津。我怀疑，这卤猪脚也是插队知青到了这里以后，这个饭堂的重大新举措。

递上三角钱，然后，大师傅用一张黄色的糙纸，包上一只酱红色油亮并散发着香气的猪脚。接过这只猪脚，我坐在靠窗的长条凳上，望着宝塔山，想起那老电影里的台词：“面包会有的，牛奶也会有的，一切都会有的！”手上的猪脚真香，窗外风景如画。

想到此，我觉得我还没有老……

甘 沟

那年我一到这个地方，便觉得这个地名也许错了，应该叫干沟。这的的确确是一条干涸的大山沟。在延安南面的富县，从茶店子向东，走六十里到一个叫任家台的地方，这是军马场的场部。从场部再往东走二里，向北一拐，就进了甘沟。沟里可种苞谷，在我们来以前，连队的农工就让满沟的苞谷长出来等我们来收割。走完了这条沟，就到了队部，人称甘沟二连。在这个地方，我只生活了不到半年的时间，但这是我从农村出来后进的第一个国营单位，拿工资，每月二十七元；吃国库粮，尽管还是干农民的活儿，放马种庄稼。时间是 1972 年秋。

在地图上你今天也还是找不到这个地方，这么七拐八倒，甘沟的实际位置是在一片原始林区中部。我曾写过一篇文章回忆在这里干活儿的情形，因为我在农村当过生产队副队长，所以在这儿很快成了“好样的”，上调到总场去看仓库。我看仓库的地方还是在这片原始林区，但我是新职工中百里挑一选出来的，心情如范进中举。如果不是从甘沟上调场部看仓库，而是从北京放到这里来看仓库，我就不是范进而是林冲了。事情没变，起点变了，心境也就不同。说到这里，想起有人说“老三届”的人有特殊性，我看其中有这么个道理：下了十八层地底的人，只要往前走，就一步上一层，层层新天地。说到一边去了，还说甘沟吧，说说我还记得的几个人。

有两个北京知青是从安塞招来的，一男一女。他俩一来，大家就看出这是一对相好。混熟了，知道他俩是在一个队里插队。再熟些，知道这个队就只有他们两个知青。真熟了，才知道队上只给了他们一孔窑洞。为什么不多给一孔窑？穷，队上没有钱多砌。怎么住？一个大炕，中间用大箱子隔开，一人一半。于是，大家啊的一声，说的，装作说明白了；听的，装作听懂了。这件事在连里曾让知青男和知青女们着迷地幻想了一段时间，他俩的插队滋味自会是与众不同的另一番天地啊！不过，大家对他们的想象是偏向于浪漫而非下流，因为他们在多次招工中，只招男时，男的没走，只招女时，女的不去，于是双双来到我们这个甘沟二连。上次看《孽债》，我就想到他俩，《孽债》是海派故事，而他俩是京派言情。

我们的排长是老职工，他升任排长就算干部了。军马场与军队的规矩一样，排长就是干部，而班长还是工人。大家都知道，他当排长的一个原因是他娶了场长的千金，是驸马爷。驸马爷不是自由恋爱当上的，是经人介绍，让场长看上了。驸马爷只当了半天。婚礼后，夫妇进了洞房，不到一个时辰，驸马爷就被赶出家门。第二天两人去办离婚，一进门，女的就说，他是个流氓，一上床就对我要流氓！民政干部一边听一边开离婚证，男的还没开口，这婚就离完了。排长说到这儿，就笑，是个傻女嘛。驸马爷撤了，不能把排长也撤了，他就从场部调到甘沟来了。

另一对就亮色得多了。男的是从老军马场调来的老机耕队长，队长夫人是北京知青，用知青的方式评价，盘儿亮，条儿也好。盘儿是指脸，条儿是说身材，算得上是军马场“场花”。调皮的知青把军马场的场歌稍加改动，放声歌唱：“我爱马场啊我爱马，马场还有一枝花……”那机耕队长模样实在太一般，能得到这么一个妻子是什么原因？一个说法是自然原因，原先的那个军马场地阔天宽，机耕时节，拖拉机开出去，可以睡上一觉，醒来也没到地头，转过车头，再接着睡，也绝对不会开出了地头。这女知青是他的助手，整天单男独女，又没有放不下心的事，就自然成了一家人。另一个说法是社会性的，说女的是个高干子女，老子被打倒了，无家可归，死了一条心，找个根红苗正的“工农兵”。

这三对男女，头一对是有点儿悲剧色彩的喜剧，第二对是有喜剧色彩的悲剧，第三对是悲是喜一直是个谜，大概这一对是今天许多电视剧中的主角，常常一看电视剧就让我想到他俩，于是也想到了甘沟。

马场的“诗社”

这是久远的事情了，似乎早忘记了，只是报纸上关于救护一个婴儿的报道，唤起了这一段回忆。

那是三十年前的事情，我和二百名在延安插队的知识青年，被招到延安以南富县深山里的“延安军马场”当农场工人。这个马场位于富县县城以西六十多里的深山，原先叫任家台林场，1971 年被部队接收变成军马场，山大沟深，树茂林密，在黄土高原是一片罕见的林区。我在马场一大队的甘沟二连当了半年农工，然后调到场部当上了供应科的保管员。

场部多是从山丹军马局调来的老职工，从延安抽上来的知青只有几个人。供应科除了我当保管员，还有两个外交部干部的子弟当会计，一个是小刘，父亲原是高级干部。小刘还保留着一些照片，一身打扮如资本家的“少爷”，当时我就这么想。另一个是小蔡，父亲是外交部机关事务管理局的头头，据说全中国的好厨师都归他爸管，只不过也靠边站了，否则小蔡不会来当马倌呀。此外，场部办公室还有两个北京女知青，她们先从北京到山丹军马场，从那边调过来，长得也可以，对我们这些延安“土八路”不爱搭理，所以，供应科就成了连队延安插队知青到场部办事落脚的据点了。

聚到一起，没有饭局，但有酒有烟。烟是我集腋成裘，攒的。

汽车司机拖拉机驾驶员领材料时，都要递上一支烟，接过来，往笔筒里一丢，一天就半筒。酒是场部加工队自酿苞谷酒，每天酿出的新酒入库时，哥们儿从门口经过，喊一嗓子："热的！"用茶杯舀上半杯，这是常事。有朋自连队来，香烟管够，烧酒伺候，漫天海聊，也真快活。酒加上烟再加上青春二十的几个小伙子，聊到后来，就唱《三套车》《红梅花儿开》。天天如此，也没劲。一次，五连有个"眼镜"说："我写诗，念给你们听？"他有几本禁书。"下次带来！"马场实行的是大礼拜，十天才有一天休息。十天后，"眼镜"来了，神秘地从书包里掏出几本又破又黄的书来："别让人看见了，了不得，封资修！"可不是吗？《花间集》《西厢记》，还有普希金的《欧根·奥涅金》和其他一些小诗集。我只记住了这三本书，因为这三本书最受欢迎。一下子，大家都写起情诗来了。我没有写。那时，我的兴趣不在诗歌，而且也没有人需要我的情诗。我记得，每次小刘都认真地调侃这些"情诗圣手"们，嘴上叼着一只大头烟斗。我看着小刘想："抽这种烟斗大概就是资产阶级生活方式，可惜烟斗里装的是贫下中农抽的兰花烟。"在这个"诗社"存在期间，我只写过一首诗，应该说改写过一首诗，就是长诗《欧根·奥涅金》里，达吉雅娜给奥涅金的那封信。我觉得这个故事很动人，但这封信译得没文采，便动手重写了一遍。记得是在冬天，当时，马场的场部也发生了一件中国式的爱情悲剧。

场部一个司机，和家乡的一个姑娘恋爱，并且让姑娘怀上了一个孩子。这个女人离开家乡来到马场，想在这里弄掉这个孩子。这女人长得人高马大，天天在球场打球，又蹦又跳又跺又跑，那孩子就是不出来。最后，孩子还是足月生出来了。孩子降生那天，当父亲的司机出车到西安拉货去了。天降大雪，四野茫茫，那女人自己给自己接生，用布包上孩子，爬上场部后面的山坡，在半山腰刨了个坑，把那刚出生的婴儿埋了。她从山坡走下来，被邻居发现了，人们追问时，她只是放声大哭。于是，一群人循着她留下的脚印，上了山，扒开土堆，在冰雪里埋了一个多小时的婴儿，居然还有热气！婴儿被送进了场部医院抢救。消息传开，想要这孩子的人多得在救护室外排起了队："这孩子命大，好养活！""是个男孩！""一个钟头都冻不死，神了！"故事最后是中国式的喜剧——出差回来的爸爸，二话不说，把母子接回了家，然后从场部开出一张结婚证，到处派送喜糖。

我吃着喜糖，用诗句重写了达吉雅娜那封信和《欧根·奥涅金》部分长诗。我从来没把这件事当作我创作的开始，这件事后不久，延安军马场撤销了，喜糖和"诗社"也都像那年的雪，悄然消失了。

秋天的伤感

秋天容易让人伤感，这个“人”，当然也有所限定。如年方二八之类的少男少女，“少年不知愁滋味”，纵然有点郁郁寡欢的时候，也大多在春天，是另一种烦恼。少年的烦恼是对明天的烦恼：欲得而未得，欲求而不能求，欲爱而不被人所知。而秋天的感伤，多为中年之后的感伤，是失去的烦恼，是追悔的愁绪。古之迁客骚人，留下了难以计数的秋之赋：“路已近时翻觉远，人因垂老渐知秋。”“最是人间留不住，朱颜辞镜花辞树。”“最是秋风管闲事，红他枫叶白人头。”……连李清照表白自己情爱的词《凤凰台上忆吹箫》也说：“新来瘦，非干病酒，不是悲秋。”也可见“悲秋”已是一种人之常情了。

倒也是的，眼下我身居都市，看不到雁南飞、黄叶落、荷花残，但也常常为一种淡淡的忧伤所袭扰。坐在六层楼的写字台前，窗外少了阳光，天灰蒙蒙的，不时从彤云中洒下几丝细雨，让那些水泥墙们变得冷涔涔，让人想起赫尔曼·黑塞的话：“我简直说不清楚，这种情况莫非是这种布满阴云的、静中有动的、丝线错综的天空反映在我的心灵中，或是我由这种天空看出了我内心的图像。”（《阴云密布的天空》）实在不得了的感觉——“由这种天空看出了我内心的图像”，我以为他说得很对，我大概是典型的中年人心态了吧。

我妻子知道我不喜欢秋天，尤其是内陆盆地内的这个城市的秋天，她说我这是诗人气质的表现，天知道！

也许有人会说我得的是“都市病”，会建议我到农村去看看。看看是可以的，而且的确有效。去年秋天，我与妻回到陕北，天空蓝得像一块宝石，太阳可爱得像个孩子，的确让人舒畅了好一阵子。高兴之余，便感到很纳闷：“我在这地方生活过四年，怎么没注意到这么让人痛快的秋高气爽？”啊，对了，那时我不能“看看”秋天，而是生活在秋天的内容里，也就是“秋收”。秋天对于我是弯腰割谷，是冰霜里扒玉米，是泥泞中背庄稼，那些让我的皮肉痛苦过的劳累过的“秋天”远比“看看”深刻。在自己的土地上收获也许会充满幸福感，可惜的是，我从未在“自己的”土地上干过活。为队长干，为“再教育”而受苦，让我的人生体验中缺少对秋天一种健康情绪——“收获喜悦”的培养。这样说来，秋天的伤感对于我也并非是一种都市病。

比这种体验更早的对秋天的反感，也不是来自中国的古典诗词，那些诗句所引起的更多的是一种透明清丽的心情。追溯起来，最早给予我一种阴冷潮湿的秋天的感觉的是儿时看的几部意大利二战后新现实主义的著名影片。《罗马十一点》那个为争一个打字员职务而挤坍的楼梯，常出现在我童年的噩梦中；《偷自行车的人》那个丢了自行车而失去广告员工作的父亲和他的儿子，至今还会光顾我的梦；总是苦苦地寻找失去的东西，却又总是找不到，这种典型的梦境人生非常折磨人，以至前两年秋天，我出访意大利竟然带着厚厚的毛衣和厚毛料的风衣，在38℃的太阳下才发现，我又一次在秋天的问题上出现了判断误差。

不管我喜不喜欢，阴冷的秋天又来到我的窗外，我要求自己读书，读那些明快一些、让人感到热情和力量的书。我不是想欺骗自己，我觉得有时宁静是治愈烦恼的药方。

假如我是秋天的一棵树，我会为丢掉那些曾经鲜绿美丽的叶子而忧伤吗？其实，秋天中最应该忧郁的是树，而作为一个人，是没有资格的，比方说，我的小儿子昨天会用彩色的铅笔画太阳了，一个并不圆的太阳。

老树的魅力

近来逛了一些风景园林，所到之处总让人有缺点什么的感觉。缺什么呢？缺一种真实的分量。新修的“贾府”“大观园”不用说了——无论怎样追求观赏效果，那些鲜亮的油漆和水泥之类的材料均是“细部失真”。由于是平地起景，四周的大环境（诸如高压线塔和大烟囱之类建筑）很难使人进入小环境规定的情调。老风景区也往往会失真——例如长城有个别景区，完全是一色的新砖勾白线，实在大煞风景。所以，我认为劫后残存的圆明园极富魅力，用残存的无言石柱向人们倾诉不尽的遗恨。在那荒颓的残垣久久盘桓之后，我突然感叹：“这些石柱长出绿叶该多好啊！”于是我突然有了一个答案：原来我感到园林缺少古树——缺少巨大树冠的撑持，缺少粗壮树干的挺立。

北京天坛的那片柏树林曾经让我十分沉醉，那些百年老树骄傲地向人们展示了古老京城的风采。岱庙位于泰山脚下，它给人的庄重感则来自那些古松古柏、那些苍虬的枝干。到了黄帝陵，我完全被古树征服了，有数人难以围抱的“黄帝手植柏”，更有一座桥山的苍郁墨绿。在满目黄土的高原，这浓得化不开的葱茏让我从心底激动，为它所具有的象征意义——华夏民族永远旺盛丰茂的生命力而感奋。老树长在这些著名的园林里，不是一处景物，而是一团直逼心灵的威仪。

这就是美，是一种我们生疏甚至遗忘了的美。美是什么？这些年不少人的审美趣味已被电视悄然改变了。电视并不坏，它告诉我们新闻又娱乐我们的夜晚，但电视广告总是把一股“柔、娇、滑、腻、轻、浮”的美学趣味灌输给人们。当我们面对这些傲然挺立于天地间的老树时，我们才感到那些矫揉造作的东西犹如泡沫般可笑。

苍劲之美，庄重之美，是干瘪的树皮和憔悴的叶片所不能抹掉的，也许正是这些苍老龟裂的树皮才显示出了苍劲和庄重。这些老树栉风沐雨，饱经沧桑，在傲然挺立中显示出生命成熟后的高格：大度、沉静、宽厚。所以，在生活中我们看到一些老人总想到树的美德。

老树是沉默的，甚至不再结果了，在向这个世界奉献出一切之后，它还在继续奉献它的沉默。在沉默的挺立之中，它给我们的启迪和告诫，都是岁月所证明了的真谛。

在我们的风景园林中，那些为数不多的老树，是苍天和大地用漫长的时间共同雕塑的纪念碑。当我们以虔诚的心去探寻这些纪念碑的意义时，我们就会发现一个平凡而惊人的真理：所有的老树都互不相像，都是“这一个”！

一只蜗牛的位置

这是英国著名作家约翰·高尔斯华绥笔下的一只小蜗牛："你看看眼前的蜗牛甲壳，雕镂刻画得那般精致，恍如童话里小精灵头上的细角，而且角端是蔷薇色……"蜗牛写得如此动人，为何它让作家如此动情？是因为作家在写第二次世界大战后的心情，在《远处的青山》这篇短文中，蜗牛站在了战争的终点与和平的起点这样的位置上，所以它美丽得出人意外。

我们最早接触的蜗牛是在童话中，那些可爱又可笑的小生灵，爬进了我们童年的梦；大概只因为它们一不说话，二不侵犯谁，善良软弱得让孩子们的小手最先接触。

蜗牛易被嘲笑，大抵因为它缓慢的动作和胆怯的处世哲学。其实，这种嘲笑也有其时代的特征。记得"大跃进"年代有一幅广为流传的画作，一个穿背带裤的工人坐着红色的箭头，屁股后爬着一只小蜗牛，蜗牛穿着一身山姆大叔的燕尾服。现在这类画似乎很少了，只是偶尔会出现在针对"人民内部矛盾"或官僚主义的漫画中。

蜗牛很难当英雄人物或者正面角色。岁数大了，反而喜欢这样的小动物。蜗牛的两只小小的触角，总是伸得高高的，软软的细细的触角，那么敏感，一触碰到什么，立即蜷缩回那个小小的蜗壳里，其实，那里并不安全，又薄又脆的壳，仿佛只是一个安慰。

不知道别人怎么想的，我觉得我自己的灵魂也背着一只又薄又脆的蜗壳，我常常躲在里面，而这种躲藏，不是追寻安全，而是为了寻找安慰。

当然，有的人的灵魂寓所不是蜗壳，而是又坚又硬的龟壳，面对这样的灵魂，我常常惊叹他们的自信和自我感觉的良好。

我至今还记得一次牵着儿子的手散步的情景。刚刚学步的小儿子最早的发现之一就是蜗牛。他注视了好久，伸出胖胖的指头去捅蜗牛，蜗牛缩进了硬壳，于是儿子退后一步，看了看自己的指头，又望望我。以后散步，他不再去碰它们了。

我想，儿子与我们这一代人不一样，蜗牛这样一个小生灵，又会在他们的生活中占据什么位置呢？

画 风

风无形无影，高明的画家却可以画出它的行踪。常常看风景画，发现有风之画与无风之画在意境上是有很大差别的。无风之画，平和安详，无论是景物还是人物，都是静物，宁静之中让你也得屏息相对。无风之画也是不易画好的，功夫不到，画出来的东西，就容易透出一个呆字。有风之画，自然不是画风的自身，画风自身，是小儿涂鸦，一团如云状的面孔，嘟着一张嘴吹，这是卡通片教出来的观念。有风之画，依然见不到风，只是有人与物在风中的形态，树木枝摇叶动，人们则衣掀衫飘，头发飞扬。若要表现更为雄烈之风，则可见海浪汹涌，帆樯倾斜，黑云压顶，日月无光。画风到此，有人之形、物之状、山水天海之势，虽然没有真正风的自身形貌，却画出了风的大小、风的强弱、风的性情、风的气韵。有风之画实际上仍是“无风”，有的只是风到之处给其他事物造成的情势和形状。

画风，是画有中之无，是将无形之物有形化，是以有形之物的外部形态表现出无形之风的形势气韵。我喜欢看有风之画。我大概痴愚，难以从无风的静物画中看到画家的心境情趣。而有风之画则不同，风行之处，是画家心到之处，物貌人形是风造就的，更是画家情感之指抚拂的印迹。由此可知，画风之技，非手艺而是心艺。画风之境，乃是诗境，以可见写不可见，以物景写心景，啊，画风者，画心也！

城里生活的人如今也难见这有风之景了。风景者，风让景动而感人心也。都市旦越来越多的是钢筋水泥的楼宇、立交高架的路桥，这一类人造世界里的事物，是不谙风情的。现代都市里的建筑，其基本的属性之一，就是风吹不动，雨打不变。想当初，杜甫老先生在浣花溪畔的茅屋，在秋风吹来之时，卷起屋顶的草，真正风吹草就动，让老先生写下那么一首《茅屋为秋风所破歌》千古传诵，使先生“安得广厦千万间，大庇天下寒士俱欢颜”的诗句，成为一代代中国人追求的社会公正的目标之一。应该说，到了今天，老先生的夙愿正在实现，中国人正在告别茅屋为秋风所破的千古惆怅。记得小时候，老师说共产主义就是“楼上楼下电灯电话”，现在这个图画已是平民百姓的寻常景，只是麻将牌桌哗哗，再加铁栅门铁栅窗，让你知道这里还不是共产主义之家。广厦千万家无论内囊如何，对大多数平民百姓来说是件好事，所以当我一听见政府说出“安居工程”四个字的时候，我就想到杜甫老先生，该说一声谢谢先生，先生算是提出“安居工程”的最早和最有影响的名人啊。他也是一个画风者，他画的吹破茅屋之风，画出了中国老百姓的安居梦。

住进高楼，一家一门，互不交往，更无心去关心窗外风景了。现代都市少有当年的画风者，原因简单，钢铁与水泥的世界，对风来风去，常无动于衷。风来了，不知，风去了，不晓，这种日子，不也太没诗意了吗？其实，心是一块风动石，只要心不死，住在哪里都会知晓风的行踪。住进楼群中，慢慢把“看风景”变成了

"听风声"。听风知风情，听风知世情。冬天，暖气烧得足足的，让你懒洋洋，呆呆地与电视广告厮守。这时，会有风尖啸着掠过窗外，那凄厉的风声让我们记起这时窗外真实地存在着一个冰雪肆虐的世界。夏日，待在空调机伺候的房中，清凉一隅品茗对弈，让你忘了身外的世界，这时风送蝉噪，如浪拍心壁，无休无止，让你记起窗外三伏的炎暑。更有身居高位深宅者，冬难听见风啸，夏难听见蝉鸣，不是不想听见，而是身不由己。我想尽管如此，不妨看画风者之画，不妨读听风者之诗。真正的民风民情不会只在舞台上，舞台永远是载歌载舞的"空调机"。画风之画与听风之诗，如茶，虽有苦味涩味，但能清心明目，正如那首《茅屋为秋风所破歌》，唱了千年，画一颗哲人平民心。

描 云

不知你注意到没有，这些年在作家的笔下，描画云彩的文字少了。也许这个问题你连想也没有想过，当然就不会发现云彩何时飘出了作家们的稿笺。认真一想，道理也很简单。一是作家们早已提前进城了，城市生活与农村生活的一个重要改变，就是不再“看天吃饭”。于是另一个晴雨表——股市行情代替了云朵在人们生活中的位置。还有一个原因也不可忽略，就是现代都市只有灯火辉煌，没有晴空万里，大气污染是城市病。哪位作家按老习惯想起要描写一下云海，灰蒙蒙的天只会让他慢慢改掉这个奢望。

我因为写诗，不由自主地对云彩格外留心。这种关心云彩的毛病，让我发生了以下变化：当我作为一个市民在城市生活的时候，我是一个业余的环境保护者，我对生活条件的评价标准，放在首位的是，有没有一块较为干净的云天。我在成都生活了很多年，这是一个几乎无可挑剔的城市，但就是天空实在难有一回真正晴朗，更难让人见几朵有形有状有边有沿的云。我在那个城市写过一本随笔集《秋天的伤感》，写过这个城市的秋景：“看不到雁南飞、黄叶落、荷花残，但也常常为一种淡淡的忧伤所袭扰。坐在六层楼的写字台前，窗外少了阳光，天灰蒙蒙的，不时从彤云中洒下几丝细雨，让那些水泥墙们变得冷涔涔……”这是我对这个城市的“状态”描述，它表明我“关心云彩”的诗人气质，在现实生存条件中的无奈。在现实中缺少的，我会在诗中去寻觅，这就让我在进入创作状态时，特别注意云的美。云彩也就从生活的变成美学的了。

作为审美对象的云，是有不同品格的，有的很生活，有的很空灵，有的让人忘记了自己，有的又好像与人有同样的性情。回忆我生活过的地方，两个高原上的云彩非常让人动情。一是大凉山中的西昌，这个高原小城现在因有个卫星发射场而举世闻名。这个小城有个美名“月亮城”，我少年时代随“下放改造”的母亲在这个高原小城生活过较长时间。虽然家处厄境，但少年不知愁，常为这里的高天流云所吸引。我就读于一所农村中学，每周都有一天上山去为学校食堂割柴草。在山坡上最好的享受就是仰面躺着，望云起云落的无穷变化。大凉山地貌复杂，气流变化猛烈，云彩也就风貌万千，格外地有生气。在这个好像被世界忘记了的大凉山腹地，一切都像四周“刀耕火种”的土地，使人觉得生活的钟摆不会再动了，只有这些云彩让人产生幻想，想那些与镰刀和茅草无关的事情。另一块高原上的云彩也给我深刻记忆，那是陕北高原上的云。天是蓝格莹莹的，云是白格生生的，悠悠地飘来，又悄悄地飘走，像一群羊，只是少了个拦羊的后生。大凉山的云剽悍而多变，奔突驰飞，挟雷持电；陕北的云则多循规蹈矩，平和安宁。这与它们面对的山形相似呢，还是与那里的民风相近？

这些都是平民百姓的云，那些名山胜地的云，则与之不同。

泰山的云，曾让我写下这样的诗句：“疾！泰山飞云……／乱！云飞泰山……／狂！泰云飞山……／从深涧蹿出的幽灵／苏醒于霞光曙色中／披着长长的纱巾／乘着时间之翼／向上腾飞／好个疾好个乱好个狂／活了这满山的树／满山的花与草／满山的石头／连石头上钢凿的碑文／也舞蹈为狂草劲书！”这样的云，是有了侠气、仙气还是帝王之气？我说不清楚，我觉得我的诗只记下了我的感觉，这感觉又恰似看云，可见而不可得之。有了距离就有了美，进了其中，茫茫一派连自己都找不到了。

描云的是谁？好像你和我都知道，想一想又确实不知。若有所知，则知那是无心无意的书写，休论是写意还是写实……

辨 雪

作为诗人的毛泽东曾写下过著名的《沁园春·雪》：“北国风光，千里冰封，万里雪飘。望长城内外，惟余莽莽；大河上下，顿失滔滔。山舞银蛇，原驰蜡象……”把雪写得如此大气磅礴，气度不凡，确实显示出一个年轻革命家的心胸抱负。据资料介绍，诗人曾加自注：“雪，反封建主义，批判两千年来封建主义的一个侧面。文采，风骚，大雕，只能如此，须知这是诗啊！难道可以咒骂这些人吗？别的是错误的。末三句指无产阶级。”诗人加注所说的是这首词的后半阕：“……惜秦皇汉武，略输文采；唐宗宋祖，稍逊风骚。一代天骄，成吉思汗，只识弯弓射大雕。俱往矣，数风流人物，还看今朝。”这一段与雪无多大关系，是由雪景起兴引出的议论。诗人的自注有助于人们理解这首词，但不知这段自注，读这首词也会觉出诗人的抱负和胸襟是值得“千秋评说”的。词题为《沁园春·雪》，我对诗人写出的雪，是很感兴趣的。诗人前半阕词是直写雪的，不是写雪本身，而是写雪之景“北国风光”。北国风光之雪，写成如此“大鸟瞰”“大全景”，当然是与一个心怀天下的胸襟相对应。除了上面这些理解外，我想雪本身也很值得研究，也就是说，除了认识这首词里的抒情主人公外，还值得认识一下作为起兴之物的雪。雪，对每个人都不算陌生，我那小儿子的学前班课本就有“雷电风雪”，但此雪不是彼雪，此雪是陕北高原之雪，是长征胜利终点上的雪，是一个南方来的革命家眼中的雪。上述三点，加起来也才有了“山舞银蛇，原驰蜡象”之雪。陕北观雪，确有不凡之效果，一是高原，可让人举目千里；二是高原又没有高山巨川，而多起伏不平的丘陵，沟沟峁峁。这样一场大雪之后，莽莽苍苍的天地间皆是雪的世界。这世界对生于斯长于斯的人们也许没有什么感觉，而在一个南方革命家的眼中无疑是个分外妖娆的新世界。

上面我们从一个革命家的诗篇中认识了“这一种”雪，大气的雪，大美的雪，可以改天换地的雪。因为此雪飞入了一个革命家的眼中，飞在大气大美的陕北高原上。但世界上确有各种各样的雪，南极的雪让人想到永恒，喜马拉雅的雪让人想到高洁，西子湖畔的断桥残雪让人想到悲剧的美，都市上空飘动的雪让人想起远了的乡情……为什么雪有如此不同的性情呢？美学老师会说这是人们“移情于物”产生的效果。话这么一说，就太教科书化了。再问一句，为什么雪能让这么多不同的情感都移在自己身上呢？这就有意思了，对不对？

雪作为一个审美对象的时候，它有若干值得一提的特点：它最简洁，每一片雪花都极微小，但无数雪花的飞动、飘洒、堆积，则呈现出万千姿态的丰富；它最单纯，只有单调的白色，但当它漫天洒落之后，就让五光十色的世界变成白色王国，让我们疲惫的目光得到抚慰；它来去匆匆，因为其存在于天地间的时日短暂，让人们产生格外的怜爱，它以其弱小易逝，在心理上得到人们审美时的情感倾向……同时，上述这些特性使雪之美有着较大的可塑性、附着性，让开天辟地的一代英杰与惜花怜玉的名门深闺，都可能会在雪花纷飞的时候，让自己的心也飞起来。

听 雨

写下这个题目，便不自觉地在心里吟诵起那些熟悉的诗篇，而且大多是古人的句子。雨，大概是古典的，而且常常当人们进入一种诗化的境况，才会从喧嚣的市井声浪里逃出来，逃出来的耳朵，才能听雨。听雨有三个条件：第一是心静而神动，心静者不为市井或朝野的得失荣辱而悲喜，心平如水，不起波澜；神动者，是心神与自然呼应，天地万象，胸中百感，互交互合。第二是独处一室，或书房与书为侣，或山中小亭坐对群峰。第三是有雨。说到这里，话题的主角就出来了，听雨者，与雨为朋，其喜怒哀乐，无不是因雨而起。

我赶走那些如雨脚一般敲击我心窗的诗句，它们虽美，但吟哦的是他人心曲。雨声已经伴千载百代的人，抒发自己的情怀，像永不退场的乐师，耐心地为一个又一个的登台者伴奏，他只是在人们不觉察之中，调动自己的琴弦。疏雨漏梧桐，春水洗杏花，剑门斜雨细，古城涤尘轻……这些都是人们久唱而常新的曲子，它们让我们只能相信，雨声是个能为每一个人伴奏的好乐师。

这是六月，久旱无雨的京都，下起第一场透雨。雷声沉沉地滚过，把都市里嘈杂的市声驱赶，然后是闪电，是风。好风啊，让窗外一排高高的杨树，起舞俯仰地欢迎，满世界都是叶子的笑声！然后急急敲下一排雨脚，如碎玉，如奔马，如瀑布狂泻——

……我相信这个世界比我岁数大，我躺在床上，听雨声从窗外跳进屋里来，又沿着白石灰抹的老墙往上爬，爬出一道道渍印。这是我最早的记忆，好像是我们搬进那座南方老城一条叫斌升巷的窄街。那是一个旧公馆，房子是木结构为主的，木框里砌上砖抹上白灰。我们的房子背墙临街，墙的上部有两只小窗，用来通气透光的。小窗很高，又从不开，布一张挂满灰尘的蛛网，让人想到许多故事。故事是雨声送进来的，这是我对这个世界最早的印象：雨夜里两只高墙上的窗，窗上挂着一张蛛网，网不住的雨声和更声漏湿了童年。（前两年我调出这个城市，妻子说我不喜欢这个让雨水锈满青苔的老城。）

……我有一段让大雨泡着的记忆，那是1966年秋。那年本是我参加高考升大学的日子，“文化大革命”一声炮响，升学成了泡影，父母又先后被“革命的群众”揪了出来，我被派到川滇边界山区农村搞“社教”。正是屋漏偏遇连阴雨的时候，在山区待的几个月，也没有见到几回晴朗的天。心里下着雨，外面也是雨，风声雨声，让人心怵。山区搞运动，免不了天天晚上开会。山里人住得分散，一家守一个山头，我这个小工作队员，每天就戴一顶大斗笠，提一盏马灯，风中雨中满山地转悠。田坎又窄又滑，一下雨就变成了鳝鱼背，真不知一天摔多少跤。啊，这也许是我命运的象征：漫天风雨，长夜窄路，一盏孤灯，一张不知是雨水还是泪水洗了百遍的脸。（到现在说到“文化大革命”，我的耳边就响起一片暴雨在一只斗笠上踢踏的声浪。）

……我对雨声的记忆不全是灰色的。就是苦味的记忆，也有温馨的时候。那是在陕北，夏天终日在秃山峁劳作的我们，就像在火炉上烘着的红薯，每天都盼着天上有块能下雨的云，每回向伟大领袖献忠心仪式，都少不了加一句“雨露滋润禾苗壮”求雨的话。高原的雨少，下一次就真叫恩赐。下雨可以不出工，可以凉凉地躺在炕上，听雨声让高原有了笑语，听苞谷拔节的脆响，让自己干涸的心，也有一个绿草般的梦。(庄稼人听雨能听出快乐，这种快乐进城后就少了，至少不是那带着土味儿和草味儿的快乐了。)

听雨，是听时间的脚步声，只是各人有各人的雨声，这是我刚想明白的道理。

草 色

说是春天快到了，反倒多多地下起雨雪来，隔三岔五，晴一阵，阴一阵，雪花纷飞，小雨蒙蒙，将天地间涂抹出一片乳色。城市里的春天，这多雪多雨的春天，真够烦人了。从高楼的窗户往外看，还有一些情趣，北国风光，白雪飘舞，高楼低屋，皆披白纱。雪天里的城市，显出宁静与安详，不那么乱七八糟地瞎起哄地灯红酒绿。只是这雪，中看不中用，城市的雪天一出门，就犯嘀咕，交通阻塞，汽车开不起来，人行道也滑。人走过，车开过，就变成黑泥浆，到处乱溅，催得市政府一道又一道地下“扫雪令”。春天该是什么样子呢？窗外的小雪变成小雨，小雨极细，犹如雾丝，让人想起韩愈的名句：“天街小雨润如酥，草色遥看近却无。”多好的春意啊，官高位显的韩愈，能给后人留下这样美妙的春景，朦胧飘逸，最巧在草色，遥看已有一层青色，近看却无新草。这比“春风吹又生”“映阶碧草自春色”还要早的春之色，大概只能叫眼明又有慧心的诗人捕获了。

这样的春色在现代的都市里难以寻觅。坚实的水泥层，覆盖了整个城市，在这样的“天街”，无论是小雨还是大雪都不会让它们“润如酥”。果真“如酥”了，就叫“豆腐渣工程”。城市的草色是规定好了的，一方方的草地，是从草坪公司运来的良种小草，像地毯那样打卷运来，也像地毯那样铺进铁栅栏围出的草坪里。据说近年城市铺上的草是进口的良种草，冬天不会变黄。走过这些草坪，三九严冬，小草们哆哆嗦嗦地坚持绿色，一种干瘪的绿色，近看是草色，远看却无，像一块绿油漆刷过的地面。

诗意是会消失的，“遥看近却无”就是消失的诗意。我不是一个鼓吹怀旧的诗人，农耕文明的诗意，背后也有绝无诗意的生活与艰辛劳作。此刻，我正在一部旧电脑上打这篇短文，我知道也许用一支毛笔和一笺蔡侯纸来谈春草更有情趣，但是，我已经习惯用指尖的敲击来引出头脑里的思绪，而不是笔墨的挥洒。现代都市文明就这样毫不在意地用水泥的挥霍，抹去了一位古代大诗人眼中的春意，当然，在这个缺少草色的都市里，一个普通市民所享受的物质与精神内容，也许大大超过了草色美妙年代的高官显贵们。

草色是富有者的奢侈品，在农耕时代一个荷锄求食者的眼中，草色也许有另一种含义。“今夜偏知春气暖，虫声新透绿窗纱。”这是唐代诗人刘方平的七绝《夜月》中的诗句。他把春气中的草色写出声来了，当是漂亮的名句，也是让诗人欣喜的草色。可惜，这两行诗给我留下的是另一种草色，没有诗意的疲惫的草色。那是在农村插队当知识青年的时候。我在陕北插队，春天到了，春气暖了，满山遍野的野草也精神十足地长出来了，于是，漫长的锄草农活开始了。清早，在“虫声新透绿窗纱”时，队长出工的哨声比曙光更早地破门而进，惊醒了春梦，上山锄草吧。你见过陕北的山峁吧，像馒头似的，像波浪似的，也像一个个光脑袋，我们从春锄到夏，一条垄一条垄地锄，一块地一块地地锄，一面坡一面坡地锄，一架山一架山地锄！山峁上没有树，光秃秃，但没有锄过草的山峁，有青青的一片草色，锄过的则黄黄地露出土色来。我们就用这五寸宽的锄头，勾、刨、锄、铲，像剃头匠一样精心地剃光这一座座山峁。那时，我的心情如何？收工后，坐在窑洞前的土台上，让山沟里的风吹干身上的汗水，抬头望去，看到又有一架山变成了土黄色，而草色青青的山峁越来越少了，心里就感到爽快：“快了，晒太阳的日子快过去了。”当然，这与真正农民的想法还有差别，农民是这样说的：“今年的草锄得干净，秋天也许收成会好点。”

也许，当我们怀念草色的时候，这种诗意发出了另一个信号：“很好，又有一些中国人成了不为吃饱饭而发愁的人了。”当肚子的事情不再占据脑袋的主要位置，脑袋里的草色就会悄悄地蔓延开来。“白昼偶成芳草梦，起来幽兴有新诗。”北宋政治家寇凖的诗钻进了我的心田，是因为我听到了这样的消息：陕北地区将大面积实行退耕还林。啊，我的父老乡亲，他们将不再年复一年，用铁锄剃去满山遍野的草色。那些山坡上的小草，会让空气也变得清新。春气正暖，草色更翠，草尖上挂着的露珠，有一滴是我噙在眼中的泪……

夜 声

现代社会是一个夜声喧哗的社会，如果除去被叫作“噪声”的那些声响，夜声是梦境的背景。当我们闭上双眼，那些不同的夜声，会让我们走进不同的世界。

最早的现代感，是来自铁路。我曾在深山里的一个工厂工作过四年，大山深沟，像巨大的屏风围起一个封闭的世界。静悄悄的夜，让梦沉入深潭，很难再浮起来，于是生活的死水在深夜，更添人孤独。只是那列车的声音，远远地传到耳朵里，像一颗石子落进深潭，一圈又一圈的涟漪，让人觉得大山与外界的门打开了。隆隆的声浪越来越响，会让人想象那些明亮的车窗，一串明珠在山间蜿蜒，然后渐渐远去。此后的夜依旧静，潭水依旧深，只是水面上有了浮莲，墨绿的叶片上滚动着水珠，而那淡黄色的睡莲花就像梦一样张开了……

夜声最为热烈的是河水的声音，那是土地的脉搏，哗哗哗，极有节律，又能让人感到力量和渴望。白天听不到河水的声响，在河岸居住的时候，我正在上中学，我与母亲一起生活。母亲在一所师范学校任教，这所师范学校建在河滩上，一道河堤把校舍和河流隔开。河水在夜里才大声地喧哗，像下晚自习的学生，让夜里响出一道道浪花，只有青春才能溅起的那种浪花，响亮清脆而又透明。我总在想，我能从大凉山深处走出去，大概与河堤旁的夜声也有关系。母亲受到错误的处理从省城下放到这偏僻山区，过着流放者的生活，但对教师工作的热爱和对学生的关怀，使母亲在这里度过了二十二年，直到满头白发，才回到省城住进了休养所。我在河流的夜声里读中学，大概青春的梦是以哗哗的河水作背景，向远方，向远方，在大山和深谷中奔腾穿梭，任凭生活的浪拍打，我的梦才走得远远的，在中学毕业后，离开了母亲的流放地……

夜声是长空的雁唳。那是陕北高原的夜空，夜深沉如同景泰蓝的蓝色，镶嵌着明亮的珠宝。在都市里，是很难见到这样湛蓝透彻的天空的。在我最穷困潦倒的插队岁月里，拥有如此富丽的天空。穷人的天空都是最美丽的，因为穷人说这是我们的天空，但穷人不知道怎么去占有它，也就不会去弄脏它。虽然夜空很美，但陕北的夜是沉默的，偶尔从村里传出几声狗吠，更显出沉默的好处，安宁而本分。在这山沟里，只有知识青年的梦不会安宁，知识青年的心不会本分。望着夜空，问天，像屈原那样问，唯一的回答者是月亮。月亮不像太阳，知识青年对太阳说我爱太阳颗颗红心向太阳，太阳却用高原上无遮无拦的阳光，剥下他们一层层的皮。我在陕北，肩头在一个夏天脱过三层皮！但月亮不开口。问，我能回家吗？月亮圆了然后又缺了。问，我家里的人都好吗？月亮缺了然后又圆了。就在月亮不开口只是以又圆又缺的辩证法对付这些当代屈原时，金属一样美丽的天空，柔柔地飘出一声声雁唳。雁声轻轻，让月亮躲进云彩，高原蒲公英一样散飞起这天地间的游子心曲……

夜声是松林的涛声。在万籁俱静时，这涛声响起，就让人感到天地间正充盈一股浩然正气。在心灵被羁的岁月，住在山里，与树为侣，树是苍松，老者已有百年高龄，幼者则刚排成行列。当风——天地间自由的精灵——掠过松林的时候，沉寂的森林就响起一阵又一阵涛声。低语如耳语，高起来如歌唱，那是队列前行，脚步沙沙，还有从胸膛发出来的呼喊，然后如万马奔驰，大浪裂岸，鼓角齐鸣！一下子，寂然无声，那余音袅袅，正回荡在自己的胸间……

夜声是心灵留下的声音，不是用耳朵就能听见。那是岁月掠过灵魂时，与灵魂的一次对话，心录下了，也珍藏起它。

读到好文章，犹如听夜声，引人进入作者的梦，那梦好深好静，只有一片绽开的睡莲等你，只有一声远去的孤雁唤你！

江 边

江边站着一个人，就这么一句话。你说，一句就够了。我相信你说的有道理。说出这句话的时候，我觉得我也站在一条大江的边上。

所有的哲学我以为都可以简化为一幅画：江边站着一个人。这个人是一个哲学家，也不一定是什么家，他面前的江水是他研究的对象，也许他是这条江水不关心的一个过客，江水是客观外在的世界，有序而又无常地变化发展，我们所看到的是一定时空的江水，永恒的不是江水而是它体现的变化：有时这个人面对着江水是在思考这个需要他关心的世界，有时他实际上只在审视自己，这条江只是让他确信自己真实存在着。在江畔，每个人都可能自觉不自觉地进入哲学的境界，当然这时有层次和内容上的区别。一个失恋的人在江边徘徊，他的头脑里装的不会是流行歌曲，而是为什么接着为什么。屈原在汨罗江边独行，他这个诗人头脑里全是哲学官司，最后因得不到答案愤而投江。也许这两个例子太极端了，有的人天天在江边就是不想哲学问题。苦吟诗人贾岛有这样的名句“独行潭底影，数息树边身”，为的是寻觅诗中佳句。“二句三年得，一吟双泪流”，可见他这两三年为得这诗句是如何地字斟句酌，这个取舍比较的过程就已不是诗的而是哲学的了。

比如黄河，就是一条容易产生诗篇的大河，我也写过好几首，在壶口，在邙山脚下，在入海口，都让我因感动而命笔。不过当我数次过黄河，特别是到了上游，看了兰州的黄河和宁夏的黄河以后，我就发现黄河是一条如同人一样有生命周期的大河。上游的黄河平静可爱，中游的黄河强壮剽悍，下游的黄河迟缓呆滞——当我想到这一切的时候，我进入了哲学范畴。

如果我们一生都这么深思熟虑地度过，我们会因过于成熟而趋向迂腐，缺乏活力，像江边一只老于世故的破船。我们会选择朝前走的姿态，走进水中，让水流激活我们的神经，让江水在血管中奔涌，这时无论是沉下去还是浮起来都会使个体的生命显示出价值，在搏击风浪的时候，生与死就超越哲学成为整个世界的全部。

江边站着一个人，这是一句话，是一个形象的哲学课题。江水中有一个人，这是另一句话，这是你和我的命运，无论是沉下去还是随波逐流，无论是逆水行舟还是千帆竞渡……

我的精神故乡

延安对于我来说，就是我的圣地。也许，圣地延安是一个公共词语，几乎每个当代中国人都知道作为革命圣地的延安。对于我也同样如此，也许，还不止如此。说到延安时，她会让我心里有疼痛的记忆，像伤口碰到了盐粒，也让泪水胀痛过眼眶。那么，我告诉你那个属于我个人的圣地延安吧！想说的很多，就从最快在记忆中浮起的片段中，捡起几片吧……

一

我还有一个月就 18 岁了，我没有想到 18 岁到来前的这半年，对于我真是天地翻覆的半年。此时我是西昌高中三年级的学生，此时是 1966 年 10 月 28 日。1966 年 6 月 6 日，省报的头版头条以大字标题和大幅报道点了我父亲的名。从报上我知道成都大学的“革命师生”差点在批斗会上要了他的命。早就下放到西昌当了普通教师的母亲，也被定为“四类”敌我矛盾。我和一批被认为有可能上大学的毕业班的同学，被派到云贵川交界的大山深处，当了四个月“农村四清工作队员”。在不通电、不通车，也不通广播的大凉山里，我先后在三个生产队单独驻队领导“四清运动”。我怕我的父母“经不起考验自绝于人民”，我每天从报纸上剪一篇文章，给父亲母亲分别寄去。我不知道该说什么，也就不写一个字，天天剪报，天天寄！四个月后，“文化大革命”全面展开，“四清运动”也就自动收场。当我从山区回到学校，我知道父母都还活着。同时我也知道，我不再是校学生会的学习部长，我有个新的身份，文件语言是“可以教育好的子女”，社会流通语言叫“狗崽子”“黑帮子弟”。

一批批红卫兵欢天喜地地坐上火车接受伟大领袖的接见。“革命”成为最重要的口号，成为狂欢和施暴的理由，我却受到人生最沉重的打击。我从小敬爱的亲人，每天人们都在反复地对我说他们是恶魔。以前人们告诉我，你是一个品学兼优的孩子，现在一下子在每个人的眼神中我都发现，他们在说你是一只癞皮狗。

也许是迷惘，也许是抗争，也许是逃避，也许是给自己一个证明，我千方百计说服了三个同班的没有资格当红卫兵的同学，步行“长征”上北京。10月28日晚我们在学校的墙上贴了一张“宣言书”：我们也要见毛主席！我们决心做到：不坐车，不进旅馆，不进大城市，步行到天安门去见毛主席……签名：叶延滨、张云洲、陶学焱、王守智。

两个月后，我们到达了延安。

我们四个人是打着绑腿、背着背包、背包上插着一面小红旗“毛泽东思想宣传队”上路的。这时，我们已经能够一天急行军一百多里，每餐每人吃下一斤半馒头了。年轻真好！年轻可以向命运说不，可以干自己想干的事。其实这两个月，我们每天都在后悔，值得这么走吗？每天都在争吵，为坐不坐车，为吃不吃一盘肉菜！同时，我也每天在夸自己：“他妈的，叶延滨，谁说你是温室里的花朵？谁说你是一钱不值的臭狗屎？你不是又走了一百里了吗？”当脚茧代替了血泡，当一停下来就可以从裤腰里抓出一把虱子，我开始为我们的生存能力吃惊。当我们走进延安城的时候，我们四个人都流泪了，没有哭出声来地流泪。说句题外的话，直到今天，每当我在荧屏上看到那些趴在地上磕着长头、向着拉萨朝圣的汉子，我回回都要流泪。我相信，如果我是一个藏民，我也会在一生中有一次这样的朝圣。人啊，当需要证明自己的时候，有多懦弱也就会有多坚强。

“文革”中的延安是朝圣者们的世界，到处都是串联的学生，多数是坐车来，也有不少用双脚走来。和全中国的景象一样，到处都是红旗、毛主席像和最高指示。也有不同的地方，这里没有走资派可斗。从这里走出去的“走资派”们，正在全国各地受着烈火煎熬。一群群的朝圣者在这里做他们自己想做的事。我们参观了枣园、王家坪和杨家岭。我们把小红旗献给了“四八烈士陵园”，又用军用水壶装了一壶延河水，到邮局寄回学校。做完这些神圣的革命活动以后，坐在延安北关小学教室改成的接待室的草垫上，我们都不说话，各自想着自己的心事。“哥儿几个，怎么，躺在草窝里发傻？去看看有没有家里的汇款吧。”一起住在北关小学的另外一队人，大概领到家里寄到的汇款，兴高采烈，给我们打招呼。汇款？会有吗？他们三个都说不会有，因为我们怕红卫兵把我们弄回去，出走时都没有告诉家里我们行走的路线。“延滨，你家里也许会猜到你到延安的，去看看吧！”

“串联学生接待站”在延安一条小街上。走到街口，我们都惊呆了。满街的大字报栏上贴着整张整张大白纸的“大字报”，白花花贴了一条街。这一张又一张大纸上，不是别的，写的是一个个串联学生的名字！这是一个个母亲寄出的汇款，给儿子们！这长长的名单纸墙，在零下十几度的寒冬里哆嗦着，一个又一个的“革命小将”，此刻在这纸墙前，真像“羊羔羔吃奶眼望着妈”！此时我的心在抖动着。我是近视眼，我看不清上面的字！

同伴突然叫起来：“延滨，有你的！”我急忙凑上前去，但眼泪已经涌出来了。“这还有你的，延滨！”“这也有！”“还有！”同伴们大呼小叫，叫得我泪流满面！当我从工作人员手上接过六张汇款单，我发现，每张只有十元、二十元，但每一个星期天都寄出了一张！我知道，这是母亲在告诉我：“儿子！我还活着，我还活着！”捏着这六张汇款单，我再也忍不住，站在寒风中的延安街头，放声大哭起来！啊，延安啊，你就是母亲！直到今天，一想起母亲，我的心就总会再站在风雪中的延安街头，捏着那六张薄薄的纸，纵声大哭一场！

第二天，我们四个人，从延安北上，过黄河，向北京前行……

二

母亲知道我会走到延安去的。

我从母亲嘴里知道延安，是在我步行到达延安的前两年，1964年春天。在此以前，我只知道母亲犯了大错误，被开除了党籍，从宣传部部长降为某研究室的副主任，1958年又下放到大凉山的西昌师范学校当了一名语文老师。母亲下放两年后，还不能调回省城，我就离开省城，来到大凉山中的西昌小城，陪着母亲一起生活。1964年，身处逆境的母亲又检查出了癌症。在转院到省城动手术的前夜，母亲把一块旧罗马手表和一本有二百元的活期存折交给我——这是母亲所有的财产了。在也许是诀别的一夜，母亲告诉了我她的一生，其中，记忆最深的是母亲经三次努力才进了延安的故事——

母亲是辽宁一个大地主家大奶奶的大小姐。我的姥姥以让女儿进学堂为条件，允许外公纳妾。受过教育的母亲，在九一八事变后，私自跟随在东北军当兵的表兄到北平读书。“女儿跟人私奔了！”当这个消息传进那所大宅门，我的姥姥疯了。母亲在北平参加了抗日民族先锋队并投身“一二·九”运动，随后又随东北军到了西安，然后和表兄一道从西安到了延安。在抗日军政大学学习结束后，母亲的表兄被组织上派到了敌后工作，而母亲由于家庭背景等诸种原因，被送回了西安。延安第一次对她关上了大门。母亲回到西安后，在一家妇救会找到维持生活的工作。这时，山西抗日决死队这支阎锡山当领袖、实际共产党管事的队伍，到西安招兵。经人介绍，母亲加入了决死队。到山西后不久，她认识了从延安派到决死队的父亲。后来阎锡山反共，母亲随同在决死队当政治部主任的父亲一起调回了延安。二次再进延安，母亲先后在陕北公学和女子大学学习。在审干中，需要弄清从西安到延安到山西的某段历史，她又只身返回山西寻找知情的证明人。记得母亲说到这一段的时候，叹了口气：“那时我真成了一路讨饭的要饭婆了，但我还是宁肯要饭要回延安，也不回去当那个商会会长的大小姐！我在延安给自己取了个名字史尼，你的爸爸也改名贺大谷。”

我不知道他们曾用过这样的名字，至今不明白有什么含义。

我的姐姐和哥哥出生在延安，一个叫延红，一个叫延光。从这两个名字，我完全想得出，延安是母亲心中的圣地，给了她何等的光明和希望。抗战胜利了，还沉浸在喜悦中的母亲因有东北的背景，连同父亲一起，奉命急调东北工作。军令如山！姐姐延红被送进了中央保育院，哥哥太小太弱，不能入院，只好咬牙送给了延安一对没有孩子的农民夫妇。母亲舍子别女，再把全部家当换了一头毛驴，跟上急行军的大队。此时真是归心似箭，一切都是为了赶在坐着飞机轮船的国民党军队之前，回到东北。几个月后，在长春这个伪满洲国的“国都”，整日疯狂工作的母亲，突然在高唱“我的家在东北松花江上……”之后，竟再也止不住了。她不停地唱这首歌，只要不唱了，就会问：“我的延光、我的延红在哪儿？”她崩溃了！一个母亲，无论她多么努力工作，但无法割断的失子之痛、思女之情，让她住了三个月的精神病院。

从那以后，灾难还是一个接一个不断地降临到她的身上，但母亲全都那么平静地面对……

那一夜，听完母亲的故事，我觉得我急迫渴望认识延安。我相信那是圣地，能让人改变一生命运，能让一个女学生九死而不悔地向往，能让一个母亲割舍一切地奉献！

正是因此，母亲在“文化大革命”风暴降临头上的时候，知道儿子朝圣的路，是朝着那个方向。当我站在风雪中的延安街头放声痛哭的时候，也许就注定了两年后，我会再次走进这个高原，像游子投进亲娘的怀抱！

三

两年后，我到延安插队当了农民。说到插队当农民，好多人都以为我是北京知识青年，因为延安是北京知青插队的地区。

我是以“投亲靠友”为理由，到延安当了农民的。说实在的，一半是逃到延安避祸，原因是我把当走资派的父亲，从造反派“红卫兵成都部队——成都大学 831 兵团”的囚禁中，偷了出来。

记得那是我们父子通常见面的场景：父亲被两个大学生押着回到学生楼中的一间宿舍，他把头上纸糊的高帽子，顺手放到门背后，摘下挂在脖子上的大牌子，放到双人床床边，就像放下一个公文包，然后招呼我：“来久了吧？”我急忙把带来的各种食品和水果从大书包里掏出来，放到宿舍中间的桌子上。父亲就十分和气地招呼管押他的两个大学生：“吃水果，吃水果，你们也累了，是不是？别客气。”那口气好像是校长来视察学生宿舍。两个学生习惯地拿上一个苹果或一块点心，掉头看自己的书，让我们父子说说话。我每次来，都带着理发的手推剪，第一件事，就是把父亲的头发推成小平头。这样父亲挨斗的时候，批斗他的人就揪不下他的头发了。我理发的时候，会把外面带进来的纸条塞给父亲，上面写着他需要知道的事。理完了头发，父亲总是自己先抓一下，抓不住了：“好！好！这个星期又能对付过去了。”

成都正在全面武斗。前后校门都由荷枪实弹的红卫兵把守，父亲变成了囚犯和人质。就这样，在半年的时间里，我和看押父亲的学生混熟了。父亲也被允许每天早上 6 点起床以后，到开水房去打回一瓶开水，顺便“放一下风”，在校园里走一圈。开始有一个人起床跟着他，后来懒得起早，就让父亲自己去打水，并在他们规定的时间回房。从秋到冬，天天如此，准点出去，准点回来。从秋到冬，早晨 6 点也从太阳露头，变成黎明前最黑暗的时辰。就在这样的一个早晨，我和一个同伴在大学的高墙外守候，听到父亲走到校园围墙内约定的地点，从墙头推送一架竹子扎成的梯子。父亲踏着竹梯，翻过高墙。我们推出藏在竹林里的两辆自行车。我的同伴在前面骑车探道，父亲坐在我这辆自行车的后架上，两辆自行车飞样地穿城而过……

当天我就不能在成都待了，我坐车回到大凉山，大凉山深处的西昌城也在武斗。不久后，我在西昌街头被几个不认识的人围住毒打了一顿。这件事，让母亲坐卧不安，于是我第一个申请“到广阔天地去接受贫下中农的再教育”，远远地逃到了延安。

我不想住在哥哥的家里。哥哥是收养他的那家的长子，有养父养母，还有弟弟和妹妹。我在他的帮助下，与一对老人住到一起，我是他俩的干儿子，我叫他俩干大和干妈。

我曾在《干妈》这组诗里写到这个背景：“我驮着一个‘狗崽子’的档案袋，/ 到圣地延安 / 为父母赎罪——……为他们在语言当子弹的战场，/ 只会说实话的嘴巴，/ 被无数弯着的舌头打垮……带色的风清扫这狼藉的战场，/ 我是卷进黄土高原的一粒沙。”大概和许多人的想法不一样，我认定我只能在这“最后的庇护地”当农民了，所以，我很快融入这个家庭。这是个只有一孔窑洞的穷人家。这孔窑洞是那种没有窗户的窑洞，关上木门就什么也看不见。窑洞靠里是一盘大炕，大炕上放一只大尿盆，那是两个老人的天地；靠外的门边给我新盘了个小炕，放得下我和一只小尿盆。头一天，躺在炕上，我就想：真像一座坟啊。后来我常梦见我的足趾和手指间长出许多根须，想起来，起不来！想喊，喊不出声！变成了树。大概这就是“扎根梦”吧，我真相信我能在这里扎根了。

有关在干妈家的这段生活，我在离开延安十年后，写了《干妈》，那些细节都保留着生活的原汁原味。我原先还有一段写我与干妈关系的，发表时删节了。其实，正是这一段，引出我这组诗的创作冲动。

我干大的真名叫栗树昌，是生产队的饲养员，从来不爱说话，大家都不叫他的名字，老老少少都喊他“老实人”。干妈没有名字，村里的人叫她“老实人婆姨”，矮小，精瘦，缠着小脚。她只要是醒着，就一刻不停地说话。她常常与邻居和村里人吵架，因为她觉得自己的丈夫受到了欺负，或是别人占了自己的便宜。干妈吵起架来全力以赴。她用高腔唱曲带出一串串骂人的话，像开机关枪，也像在吼秦腔的样板戏。她一边骂一边用两只手使劲地拍着肚皮，当两只胳膊扬起的时候，两只尖尖小脚就像踏在弹簧上，蹦得老高。当她又唱又骂又拍又跳的时候，村里的孩子都撒着欢地看热闹。鸡飞狗跳娃娃们笑，就像进了戏班子那么红火！生产队的劳动力们远远地正在山峁上干活，见这动静，队长就会喊：“延滨，你赶紧，你干妈又在跳神了！”我在犁地，我就会丢下牛鞭，我在锄地，我就会扔下锄头，连滚带爬地从山上往回奔，身后扬起大伙起哄的笑声。自从我住进干妈家以后，只有我出现在她的面前，她才会说一句：“看在我干儿的面子上……”关上骂仗的闸门。

十年后在大学的校园里，我从一封来信得到消息："老实人婆姨死了，就埋在窑洞后的山上。"手捏着信，笼罩在我周围的就是那个鸡飞狗跳的场面，干妈那高亢的唱骂声又响在耳边，激出我两汪泪水！

二十年后，妻子杨泥和我一起回到这个村子。她去看我和老人住过的窑洞，那真是一个洞了，没有了门，里边养着一头驴。两个老人的坟在高高的坡上，悄无声息。让她奇怪的是，这村里几乎所有的人都叫得出我的名字，甚至那些没见过我的后生女子！"他们真是把你看成亲儿子了！"我笑着说："亲儿子只有一个，因为是当干儿子，亲戚才多嘛！"

四

延安的黄土层是最厚的了，延安的黄土也是最贫瘠的了。因为穷，军阀们才看不上这块地方。也因为穷，共产党转了二万五千里才在这儿站住了脚。我最先看到窑洞的时候，第一个念头：这不就是孙悟空压在大山下的生存方式嘛，只要压不死，还能从这洞穴里蹦出来，就是能开天辟地的齐天大圣。

我敬佩那些在这里能吃糠咽菜的先辈，发自内心地敬仰！我走进毛泽东同志发表延安文艺座谈会讲话的那间房屋，我第一个念头是，这间房和咱生产队开会的饲养室一般大嘛。当这个念头出来的时候，我仿佛闻到这间屋子里也弥漫着呛人的兰花烟草味。我每次步行四十里进城拉粪，都要经过"鲁艺"所在的桥儿沟老教堂，此时，我就会想起老百姓的顺口溜："清涧的石板，瓦窑堡的炭，桥儿沟烧出的是好尿罐。"笑一笑，心想编这段子的准保不会是“鲁艺”毕业的文化人。说真的，延安所有共产党的革命遗址，都透出真正黄土高原的“土气”，仿佛这些在书本上无比神圣的事物，原本就是这黄土里冒出来的土特产。

我在干妈家住了一年，就搬了出来。北京市派了上千名干部，管理下放到延安的知识青年，他们把我也调到了知青点。由于我在一年时间内学会了所有的农活，我被选为了生产队的副队长。我这个副队长不管哪块地种什么，不管财务与仓库，只管知识青年事务，另外在下地干活时当个领班头。我记得村支书曹钦荣说过一句话：“延滨这娃有个受苦人的样子，有苦，能受！”这句话我听了，与人家说我是著名诗人是资深编辑不一样，真有点扬扬得意了！受苦人也许在别处是指苦大仇深的人，但在延安，这是农民的代称，是一种有点无奈也有点自满的称谓，往往还特指那些正宗的农夫。有苦，就是说你有力气也有能耐，配得上“受苦人”这个头衔。能受，就是说你能吃苦，有韧性和忍耐力。这些语言上的差异，表现了延安人在恶劣生存环境下人的生存状态和对人的价值判断。

我感谢延安，在这两年，我的父母完全没有能力接济我。每天我早上六七点钟就上山，直干到傍晚七八点钟才下山，能挣到四角钱多一点，但我毕竟养活了我自己。更重要的是，虽然经常接过老乡的糠窝头充饥，但活得还叫人尊敬，自己也还看得起自己！

延安的三年农村生活，让我吸足了地气！

我至今还记得，北京派来的带队干部、印尼归侨老李同志，在延安军马场来公社招牧工时，千方百计动员我去了马场：“小子！你一米七七的个头，称一称只有五十二公斤！你只剩一把骨头了！你一定要去吃总后勤部的馒头才行！”

我现在的体重是七十七公斤。写到这里，我在想，我这身上真能剔下二十五公斤肉来？

几年后，大概是1973年春节后，我在秦岭深处的一家工厂，接到《陕西文艺》的一封请柬，“参加陕西省诗歌创作座谈会”。我兴冲冲坐着火车，赶到会场。到会的只有十几个人，记得有曹谷溪、闻频、晓蕾、马林帆、程海等当时在陕西已小有名气的诗人，还有梅绍静，她有一本诗集在出版社出版，这是知识青年中第一个出诗集的人哪！我十分敬仰地看着这些诗人，听他们的发言。越听我心里越发毛，原来他们都在报刊上发了不少的作品了，在这个座谈会上，只有我一个是没有一篇作品问世的“业余投稿者”。等到大家都发完了言，我无话可说，主编王丕祥替我说话了，大意是这样的：这是我们延安娃，写了不少东西寄给我们，这娃有生活，就不太知道写作规矩，让他来参加会，向大家学习，我们还想请他到编辑部来帮助工作。说完了，他又说了一句：“这是我们的延安娃，我看是个好娃！”

这是我人生第一次从零开始的文学活动。在此以前，我没有一篇作品发表，也不认识任何一个文学界的人。《陕西文艺》是当时除《解放军文艺》外，第一家复刊的省级刊物，编辑部也就是老《延河》的班底，主编王丕祥是老延安，副主编王绳武，还有小说组的副组长、老作家王汶石的夫人高彬，杜鹏程的作家夫人张文彬以及诗歌组的组长杨进宝，都有浓重的“延安”背景。最近，读到了当年《陕西文艺》编辑、现《小说评论》主编李星同志的文章《东木头市 172 号——编辑部往事》，解答了我这个疑惑："我没有程门立雪，也没有熟人朋友引见，怎么就让人招进了编辑的大门？"他的文章写道："编辑部的权力任务也比现在同类刊物大得多……'文革'已经五六年了，原有的专业业余作者队伍溃不成军，有的过世，有的政治上被打倒了，有的连单位地址也不知道。所以编辑部一成立就派出三支人马去陕南关中各地县寻找文学爱好者。曹谷溪就是贺抒玉、高彬去陕北发现的，他又介绍了路遥。路遥开始给编辑部写信，抬头就是'贺阿姨、高阿姨'。除了走出去以外，就是请进来，就是将在基层有培养前途的作者请到编辑部当见习编辑，既考察他们，又有在知识分子成堆的地方'掺沙子'的任务。叶延滨、李凤杰、徐岳、王晓新、白描等都请来过编辑部工作。叶延滨当时在陕南一个工厂当工人，在我的印象中一身工人阶级的豪气。有一天晚上，徐岳突然闹肚子痛，叶延滨像抱小孩一样，跑步将他送往医院急诊……"唉，谢谢李星，他还记得这三十年前的事。我至今没有和王丕祥有超过作者与编辑的交往，我也不知道他更多的事情，他也许过于严格，不易接近，但正是他领导下东木头市 172 号编辑部小院，在"文革"特殊的背景下，发现和培养了一批作者。除了上面提到的一些作家诗人，当时在这里起根发苗者，还有陈忠实、贾平凹、邹志安……

这是我最早的编辑生活和创作生活：坐在诗歌组进门的第一张桌子，登记来稿，编号，接待随时来访的作者，给作者写退稿信，发作者调查函。后两项工作具有"文革"特色。给作者的退稿信，像医院的医生开药方一样，要用复写纸写，以便留下一个存根，防止出现政治错误。作者的稿件主编通过以后，要向作者所在的单位去函，取得单位的认可，方可编发。每天做完这些工作，我们这些见习编辑，可以凭主编的批条，到省文艺创作研究室的图书资料室借阅封存的“封资修文学资料”，以便提高“批判水平”。每次可借出十本。在这段时期，我读完了“文化大革命”前出版的所有能读到的诗集，从贺敬之、郭小川、艾青到张志民……从普希金、惠特曼、聂鲁达到黄皮内部资料的梅热拉伊蒂斯的《人》……啊，在那个绞杀文化的“文革”时期，我每次走近这个老《延河》的编辑部，走进这个没有被“文化大革命”烈火付之一炬的图书资料室，我感到就走进了我的精神故乡！

我的文学生活，就这样开始了……

2002 年 3 月

西行漫笔

从延安乘车去银川，经吴旗、志丹、定边、盐池等颇有名气的“三边”故地，写下这篇随笔。

——题记

崖畔上穿花袄的女娃

车向西行，在去吴旗的川道上疾驶。雨后清晨，秋天被梳理得分外精神，河水平稳，河面上水彩似的漂浮些许雾岚，从水面浮起，又无声息地隐入两侧的山峁。河道不宽，川道也不宽，除了一半让水流，另一半刚好修路跑汽车。此刻，没有什么风景好看，在收获之后，光秃秃的山梁山峁，像一群蹲在一起晒太阳的老汉，还吧嗒着老旱烟。飘起青烟的阳洼上，准有窑洞，窑洞前有几棵树，枣树或者梨树，让埝畔多点儿生气，埝畔上总是全家的活动中心。瞧，在那崖畔上不正站着个穿花袄的女娃么！

红袄袄，绿树树，旁边有条黄狗狗。

这是一幅让人感到亲切的风俗画，大概是最富陕北特色的了，在画片上画过，在戏台上演过，在电影上见过，在歌子里听见过。这就是“家”的概念，是老人和远行人回忆中的家，是少年和光棍汉们明天的家。对于我，则是二十年前的家，知青们的家。不知为什么，在我当知青时，就发现女娃们都爱朝埝畔边上站。山沟里的人家住得都分散，各家一面崖上挖上一排窑，多的五六孔，少的一两孔，挖窑时清理出的一块平地则是各家的活动场所，支上碾盘，晾晒杂物，喂养鸡猪。老汉家多靠里，贴着窑面晒太阳，蹲在地上闷头抽烟；婆姨家则在埝上忙压一家人的口粮，或者饲养鸡猪，占据这块平地的中心部分；女子家则爱往埝畔边上凑，一站就是半晌。

有啥好看的？看外面的世界呗，看邻家的故事，看地里受苦的人们，看路上来来去去的景致，看心上人的影儿，一直看到迎亲的队伍快到庄里了，才躲回身后的那孔土窑，从拖着鼻涕的毛娃一直站成一表好人才的闺女。大概这就是命吧，嫁出的女子泼出的水，天生的眼睛朝外瞅的人啊。

这站在崖畔的女娃，红袄袄，绿树树，旁边还有条黄狗狗，她在望自己的风景，自己却成了一方的好风景。

可惜，汽车一溜烟儿，拐过山沟，没影儿了。

如果远远是一队牲灵，休管是驮炭的、驮盐的，叮叮当当的脖铃儿那个脆呀，后生家那悠悠颤颤的曲儿那个酸呀，慢慢地靠近了，又一步一回头地远去了。

那该是多够味儿的一幅画呀，可惜……

贩羊绒的汉子

车出志丹，向定边进发。

这是走西口闯三边的一条路线，在这陕甘宁三省交界地区，多少年来，一队队赶牲灵的汉子，驮盐贩皮货，留下了那么多的离恨别绪、风流故事、情歌酸曲。这些年艺坛上大刮“西北风”，刮出黄土地、蓝窗花、红兜肚，更刮出些穿皮褂、扎头巾、赶牲灵、唱信天游的英俊后生。那些在霓虹灯下扎白羊肚毛巾穿红兜肚的演员们，实在很帅。特别是见了几年奶油小生、听惯了娘娘腔的中国观众，一见这副男人气十足的行头，休管他唱得好孬、舞得如何，先就给他一通喝彩。其实，这是一种艺术欣赏的对比映衬效果。我常举这么一个例子：一只土头土脑的土陶罐儿，倘若摆在铺着丝绒的展览厅，与珠光宝气的陈列品放在一起，那么这位土得掉渣儿的先生，必定是最引人注目的角色。反之，这只土陶罐放在破窑洞里，和那些土碗瓦缸为伍，那么只能灰不溜秋地靠边站。

没见到赶牲灵的，途中倒上来三位贩羊绒的汉子。

车停下，七八条塞得鼓囊囊的布袋丢上车顶，上来三位二十来岁的后生。黑红的脸，黄黄的牙，一身化纤西装都很不合身，没打领带，衣领油黑油黑的，十分典型的 20 世纪 80 年代小商贩的装束。刚一坐停当，便从衣兜里掏出带把的“延安”香烟，吐得满车厢乌烟瘴气。

妻子十分生气，低声嘟囔：“这些是啥人？”我笑得很无奈：“这是王贵与李香香的后代，大概算起来该是第三代了吧。”妻是头一次来陕北，她头脑中的陕北农民大概还是李季笔下纯朴的王贵，或者是唱“妹妹你大胆地往前走哇”的那类汉子。我倒不反感，我认为这些闯三边的“西装”们，颇能表现出这些年陕北的变化。要知道，光脊梁上只有件光板皮背心，上舞台是好看，上汽车坐在你身边，则太寒酸了，还是西装好。

路边一小镇，税务人员摇旗儿查验行李，叫三位“西装”下车。车上一位当地人说：“这趟倒霉认罚吧！”大概羊绒是国家收购物资，长途贩运是要罚款的。从窗口探头望去，“西装”们钱包鼓鼓的都很有说服力。钱包满了，衣装变了，风情没了。

只有秃秃的山梁还说这里是三边故道，一派苍凉。

司机老爷

从延安直达银川的班车，一天开一趟，正常运行时间说的是14个小时，所以定为早上6点发车。一夜睡不安生，摸黑地坐到车厢里，还直犯困。马达吼，车笛吵，一辆又一辆班车出了站，唯独这最远的一班没有动静。问，无人答。再问，摁喇叭，有人吵了，说是司机没来，半个小时过去了，大家都没力气再聒噪了。静候。7点，一辆面包车驶来，跳下两位，原来是司机睡过了头，是搓麻将了还是在老婆被窝里睡过了劲儿？乘客嘟囔，司机耳聋，轰了阵子油门，出发。

到底是老区嘛，经济落后，时间也最不值钱。这几年好多地方跑长途的司机和售票员联手，共同搞副业，多拉快跑少扯票，有时引擎盖上都坐上四五个乘客。我这一次在陕北转悠，发现两个特点，一是不准时，二是司机捞人情不捞外快，前几个号都是老弱病残（老婆孩子七姑八舅）的专座；倒不热心拉客，似乎也没有往自己兜里捞钞票的行径——叫作民风淳朴，人情味儿足。与此同时，司机的派头也大，老爷似的。司机上车后，只有我问了一句：“怎么耽误了一个钟头？”他十分奇怪地盯了我一眼，不屑回答。

一路无事，只是路越来越坏，车越行越慢，人越坐越乏。到定边还有百多里路时，那路就不叫路了。老司机下来歇着，换上年轻的。原来养路段发不起工资，养路的合同工全走了，整整一个夏天的雨冲水毁，土路就没个样子了。险情不断，到处是塌方溜坡。实在危机四伏，乘客下来走，两个司机，一个驾驶，一个在前面调度。一路上上下下七八次。上了也坐不成，颠得厉害。后几排的乘客屁股根本不敢落座，结果还是颠断了前轮钢板，歇了一个多钟头修车。到了最后一段，干脆没路了，汽车在干涸的河道里朝前开，真是“车到山前必有路，无路之处还有河”，那又细又轻的黄土扬得满车厢无处不黄。

这么坏的道路还跑车，为啥？老司机说：“问得怪！停了车，你们咋办？两条腿走？有苦同熬着，全公司的司机轮流跑这条线，谁也别躲了，受罪就忍着点儿吧！”

原来如此。

妻揉着累得直不起的腰，感叹地说：“还是老区的人觉悟高，让我活一辈子也才能沾光走一回这条无路可走的路。”

荒　塬

车渐西进，临近定边，山塬更为荒凉。

不是那种蛮荒的未开垦的处女地，而是苍老的凄凉。山无势，成为平缓的圆丘，秃秃的，没有高大的乔木，甚至连灌木也不成丛，稀疏的枯黄，萧瑟着西风，仿佛一位老人，经过多年的劳作与奉献，精血亏竭了，毛发脱落了，干皱的皮肤失去了弹性。荒塬就是这样的一位老人，他举起过一个又一个王朝和部落的兴盛，也举起过村镇和树林，丰收与繁华，然而他现在甚至举不动这一根根羸弱的小草，哆嗦着几多凄楚。

山塬已不是褐黄色的了，那些和我们皮肤一样颜色的土壤，年年岁岁地流失，已经变成苍灰色，松散地互相偎依着，仿佛只要再吹一口气，立马就变成一撮沙砾。树几乎看不到，村庄也变成一孔废圮的洞穴，道路上没有鞋印和蹄印，哭泣的阳光直扎得我的眼睛疼痛！

汽车在下午 5 点钟的太阳下没精打采地爬行，车后的灰尘懒懒地伸了一下腰，又悄悄地趴在土道上。我们好像不是在赶路，而是驶入历史的年轮。历史这棵大树难道也像那些至尊的唐柏宋槐，外形威严而峥嵘，而树干却已早就空成一个洞了？我想到那些白蚁，我觉得在这块土地面前，我浑身上下不自在。

风吹起来了，黄尘和那些翻飞的草叶，让我想到关于荒塬和沙漠的那些诗篇：大漠落日，金戈铁马，羌笛杨柳，胡笳美酒……这些不发芽的种子，被诗人一次又一次抛撒在这片土地上，长出的只是海市蜃楼。

土地也是有生命的，车过荒塬，我再一次感受到生命的可贵，对于人，对于土地，生命也许都只有一次。当然，土地的寿命是不算短的了，但正因为如此，我们以为她万寿无疆，不会死去。

然而，荒塬说，我已经苍老得无力举起一棵草了，我已经苍老得不能再让种子发芽了。倚在车窗前，我惊愕地望着这个事实，像第一次知道母亲也会死去一样，头脑里一片空白。

我们曾以鲜血奉献给这块土地。

我们又曾以热汗和冷泪奉献。

现在除了赞美的诗和诅咒的文章外，我们还准备了什么？

盐 池

出了定边，车往盐池疾驶。盐池是宁夏的地面了，是县名，又是这县境内产盐的咸水小湖泊。

远山逶迤，沙丘偶尔露头，低洼的盐池有蒙蒙水汽，显示出一种西部特有的风韵。早些年，到这儿来贩盐的马队驴队一定不少，从古到今，贩盐的道上总有那么多咸咸的腥腥的传奇故事。现在商店里卖的都是机制盐，细细的粉末，说是加了碘和人体不可缺少的成分。然而老百姓说这种盐不咸，还是大盐好。所谓大盐，就是指这些盐池里晒出来的大粒子盐，一颗颗像小石子，每逢秋天腌酸菜时，司机们便一面袋一面袋地给亲朋好友捎回去。

陕北的酸菜缸太叫人难忘了，因为它几乎代表了一种文化，一种源远流长的生活方式。20年前，我所在的那个村里家家的窑洞里一排齐腰高的酸菜缸，少则三四只，多则七八只。一进窑，见缸多少，便大约知道这家的人丁是否兴旺。在整个窑洞的空间中，酸菜缸的位置仅次于土炕，比锅灶醒目。对了，陕北的窑洞是起居室、贮藏室、厨房三位一体。土炕利用率最高，晚上是寝室，白天是客厅，来人了，盘腿在炕头的主人就递上一句："上炕乘着！"除了土炕，酸菜缸大模大样地占据了窑洞的重要空间，是因为它们要维持一家人整个冬春将近半年的副食，不完全是副食，"糠菜半年粮"呢。

秋天，青叶子的白菜在开水里滚上两滚，然后稍稍晾去水汽，拧成菜团，码紧在菜缸里，撒上大盐，压块青石，就只待一缸一缸地吃到来年5月吧。那些咸咸的盐，渍出酸酸的菜水，就如同泔水的气味，弥漫在窑洞里。一回想那段生活，我就觉得渍在菜缸里的，不是那些青色的老白菜，而是我自己。

我始终认为，酸菜缸里腌渍着一种生活方式：辛酸、迂腐、逆来顺受，同时懒散闲逸。在碗里以酸菜为主的漫长冬季里，仿佛人们都取一种姿态生活着：手袖在袖筒里，缩着脖子，蹲着——人们说这叫猫冬。不知这种方式，传了多少代。几百年了吧？

盐池的大盐就这么腌着一种悠久的生活方式。

我不禁对眼前这小小的湖泊产生了一种敬畏之情。

不过，这次回延安，在许多人家里，似乎酸菜缸的地位下降了，有了大衣柜和组合柜，上面摆着电视机。

有了自己那块地方的农民啊，真有能耐！

这一段长城叫河东墙

过了盐池，车向灵武。一溜平的柏油大马路，连这辆老掉牙的破车也高兴得浑身发颤，泼野地跑。

两侧无庄稼，几乎是荒滩和沙丘，贴近公路，有灌木和一簇簇的草，看来是人工种植的，固沙护路。一马平川，只是少了“风吹草低见牛羊”的情趣，稍有水草处，也有一群一群的羊，放羊的没马骑，也就不够风景了。这一段最有名的风景是古长城。

矮矮的一副憨厚老实相，黄土垒得好似庄户人的院墙，这就是举世闻名的古长城中段，因为位置在陕西和宁夏境内，处于黄河东侧，自古称为“河东墙”。

这是我见到的第三种状态的长城。第一种状态，是在北京慕田峪和金山古北口所见，长城奇险，怒峙绝崖，傲摩苍天。虽有残颓的城垛，但雄姿英发，以至于那些被刻上“大日本混合旅”的巨砖，都展示着中华民族精神中不屈的傲气。第二种状态，在河北蓟县所见，出于好心，经过人工精心修复，加工之细，每根砖缝的白线都认真描过。秀气倒是秀气了，却给人一种被阉了的感觉。说得太重了。为什么不修旧如旧，而要修旧如新呢？要知道这不是改建居民住宅而是在保护文物。八达岭长城处于前两种状态之间，但愿不要再让八达岭继续焕然一新了。

河东墙则完全是另一个味道，完全是按农民的观念去筑的一道院墙。不叫“城”，而改为“墙”，是非常贴切的。说实话，一马平川，无险可守，平地筑墙，哪能御敌？何况战线漫长，一无足够兵力守卫，二来这里本身贫瘠，哪里养得起重兵？最多能有个报警作用，大兵压境时，老卒残兵们点起柴草，一路燃它几百里烽火，就很壮丽了。

这样的土墙，与其说用来御敌，不如说以此为界，替皇帝老爷圈定王土而已。打仗是不行的，但可以晓之对方，进了此墙就犯规了。顺手牵羊为偷，越墙入室为盗，越城入境为寇。老百姓偏偏叫“城”为“墙”，足以见墙两边的百姓一般还是友好往来，并不视偶尔越界者为“过河卒”。

我想当年的最高统治者下达筑城命令，一定有固若金汤的想法。一层又一层地打折扣，最后让老百姓按自家的院墙样式稍稍放大一下，筑成了这河东墙。

无险，所以也不被人为破坏；干旱而少雨，也不被自然侵蚀——河东墙，和平而安宁的象征。

温驯的黄河

车过灵武，直赴银川，进入了黄河灌区。

好风光，处处稻香，处处白杨，处处都见清清的渠水汩汩流淌。傍晚时，雾岚氤氲，汽车过了黄河桥。

好黄河，一河碧波，波澜不惊，缓缓如散步的少女，泛起晚霞抹上的一层红晕。其实，用少女比喻河是不妥当的，黄河是个小母亲，银川平原是她的第一个儿子——塞上江南。这条温驯的河，竟如此神奇，人们引黄灌溉，让我们看到这般景象：黄河水被沟渠引到之处，稻田结实累累，几步之外，就是沙丘荒砾，只因水渠到此为止。

一滴黄河水就是一滴乳汁啊。

而前天我从黄河的另一处——壶口瀑布归来，那竟是另一番气象。延安位于黄土高原腹地，从延安到银川，是向西走出黄土高原，这里的黄河还没有闯入黄土高原的领地。从延安到宜川县的壶口大瀑布，是向东进入陕晋峡谷，黄河已经在黄土高原闯荡一番，即将辞别黄土高原。

壶口大瀑布，黄水是天上狂泻的铜汁，惊雷滚动，几十条黄色的巨蛟咆哮腾越，黄褐色的水雾冲天而起，弥漫峡谷。若走近瀑布，被狂泻的水柱包围，水花、水沫、水雾搅得天昏地暗，脚下的石阶和四周的山崖都在颤动，让人仿佛置身于开天辟地的创世之初。

那狂暴的黄河，那混浊如浆的黄水，那怒吼的黄河，那挟雷携电的黄水，在流入黄土高原之前，是静若处子的温驯啊。

让人不得不久久地思考。

黄土高原那千沟万壑、创伤遍布的躯体，流给了黄河多少愤懑、多少痛楚？这片土地久远的历史和顽强的抗争，又给了黄河多少力量、多少精魂？这片土地上生活的人们流的血流的汗流的眼泪，又给了黄河多少希望、多少召唤？

黄河并不天生就是黄的，黄河早先并不是一条害河。这是太简单的真理了。

银川的稻子在为黄河正名，黄河是一条十分可亲的小母亲河。

前面是灯火辉煌的银川市。

背后是那座高原，那座让黄河也变了样的高原。

在夜暮星光中，神秘的高原藏起了那条让我走出来的路。

1991 年秋

魂牵梦绕世间情（代后记）

感谢著名散文家王剑冰约我编成这部散文集，也感谢出版社慷慨出版这部散文集。

一辈子写作是由写诗开始，也因诗歌进入文坛，所以人们都以诗人看待我。我写散文是由杂文入门。改革年代，有鲜花也有蒺藜，因热爱而诗情盎然，因愤懑而奋笔杂谈。20世纪80年代末的《新观察》几乎期期刊用我的杂文，大大增强了我写作的信心。随着年岁的增加，爱变得深沉，诗也多了幽默。而阅历的丰富，使我减了愤懑多了思考，文章也由尖刻变得皮实。散文也就常常随心应手地传情达意。亲情散文，对人的情感，对家乡的情感，陆陆续续写了不少。

写人的文章，写自己的父母和儿子，写得多一点。他们都不在身边了，父母在天堂，儿子在海外，思念成文。还有远去的插队知青、在马场和工厂以及工作中的同事，也成为回忆的对象而敷衍成文。

写家乡的文章，其实不是写自己的出生地。我出生在哈尔滨一家军队医院，没有地址的野战医院。哈尔滨的电视台采访我，做了个节目，题目是《爱在他乡的日子》。我情感上的家乡，一是大凉山，那是我母亲的“下放”锻炼之地，不叫流放却比流放更长——我母亲从省城下放到那里，在底层工作生活了二十二年之后，才得以平反，恢复待遇回到省城的干休所养老。我陪母亲在那里度过了我的青少年时期，读完了初中、高中。凉山的西昌电视台也采访过我，节目叫《天南海北西昌人》。我情感中另一个家乡是延安。那是我父母早年投奔的光明之地和生活过的圣地，那里也有我插队农村和军马场生活的底层经历。大凉山和延安为我的一生涂上了底色。

谢谢你读了这本散文集，如果你从中能感受到与这个国家几乎同龄的一代人的人生情感，那么这些文字就会因你的关注而获得生命。

2016年岁末